社文庫

グリーン・レクイエム

新装版

新井素子

講談社

CONTENTS

グリーン・レクイエム

1

早春。陽《ひ》は暖かかった。陽なたぼっこには、絶好の日だった。信彦《のぶひこ》――嶋村《しまむら》信彦は、ゆっくりと公園の中の道を歩き、いつものベンチに腰をおろした。彼の指定席。脇にこんもりとしたしげみがあり、左隣のベンチから彼の方への視界のさまたげになっている。それから煙草《たばこ》をとりだし、時計を眺める。もう少しだ。今、十二時少しすぎ。

紫煙《しえん》がゆっくりとのぼってゆくのを目でおう。実際、信じがたいことだ。この僕が、毎日、街中のこんな公園に、一人の女性の姿を見る為《ため》だけにやってくるだなんて。

こんな公園――実際ここは、公園と呼ぶのに抵抗を感じる程、ひどい場所だった。

えらく細長い公園で、砂利道《じゃり》が一本、まん中をつっきっている。道の脇の処々《ところどころ》に、ベンチや満天星躑躅《どうだんつつじ》のしげみがあるから、かろうじて公園と言える程度で、それがなかったら、他の歩道と区別がつかないだろう。彼女は、どうしてよりによってこんな公園へ散歩に来るのだろうか。店の近くには、もっとちゃんとした公園があるのに。

十二時二十分をまわった。少し不安。いつもなら、もう来ている頃だ。と、ようやく視野に淡いピンクのワンピース姿が映った。白い肌と黒く長い髪。淡いピンクは、彼女の肌の色とよくあっていたし――淡いピンクが似あう程白い肌なんて、なかなかあるもんじゃない――、その体は、ちょっと力をこめて抱いたらこわれてしまいそうに細い。彼女――三沢明日香《みさわあすか》。例によって例の如く《ごと》、左端の入り口からはいってきて、信彦の隣のベンチに座る。彼女のベンチからでは、信彦のいる処はよく見えない。満天星躑躅が邪魔をするのだ。

そして、いつも彼女は、ぼけっと何をするでもなく、陽にあたっている。二十分位。少しまどろむように。

信彦が彼女のこの奇妙な習慣を発見したのは、偶然からだった。ここは彼女の店と信彦の大学のちょうど中間にあり、信彦が彼女の店へ向かう途中、ばったり出喰わしたのが最初。注意してみると、明日香は、雨が降っていない限り毎日、午後十二時二十分から四十分まで、あのベンチに座っているのだ。まるで意味もなく。

それにしても。明日香は何であの場所に座るのだろう。実際不思議だった。この緑の少ない公園の中でも、もっとも緑の少ない場所。しげみのかわりに電話ボックスが近くにある。電話を待っているのだろうか。そう思ったこともあった。しかし、公園の電話に彼女がでたことはない。

が、まあ、そんなことはどうでもいいのだ。明日香がそこに居てくれさえすれば。

信彦は、その明日香を見ながら思う。

似ている。明日香は確かにあの少女――彼の初恋の少女――彼の人生を決定した少女によく似ていた。実によく似ていた。

☆

嶋村信彦、二十五歳。今、大学の研究室にいる。大学院の課程を修了した後も、結局、大学に残っている。彼の先生――松崎《まつざき》教授の助手として。恋人だのGFだののうわさは全然ないし、実際その手の知りあいは一人もいない。恋人は研究だと言っているし、それは事実なのだ。彼は、自分の生涯ただ一人の恋人を、研究材料にしているのだから。

信彦は、小さな山村で生まれた。裏手に山。そこは実にいりくんでいて、迷子になるには絶好の山だった。その為か、大人達は子供に、その山にはいってはいけないとかたく命じていた。迷子になるだけじゃない。あの山には化け物がいるんだよ、と。

信彦が七つの初夏のことだった。妹とのけんかが原因で、母にさんざ怒られたことがあった。

「もう、おまえみたいな悪い子はうちの子じゃありません。どうして素直に謝れないの」

「だって、僕、悪くないもん。悪いのは美樹子《みきこ》だもん」

「信彦はみいちゃんのお兄さんでしょ。お兄さんがちゃんと面倒みてあげなきゃ、駄《だ》目《め》じゃない」

「だって、僕、悪くないもん」

信彦はすっかり腹をたてて、そのまま家をとびだし、無我夢中《むがむちゅう》で裏の山の中へ走りこんでしまった。何でもいいから走り続けたかった。どうしようもなく、むしゃくしゃしていた。

まったく。何で妹が泣くと全部僕のせいになるんだ。そんなのって、凄《すご》く、ずるいや。美樹子が順番を無視して勝手なことをしたから僕は怒ったんだ。それで美樹子が泣いたからって、何で僕が怒られなくちゃいけないんだ。そんなのって、凄く、ずるい。

しばらく走って、少し歩いて、すっかり心の中の鬱屈《うっくつ》を吐き出した後で。信彦は、はじめて、自分が迷子になったことに気がついた。

どうしよう。一所懸命歩く。裏山にはいったことがばれたら、きっともっと怒られる。いや、それよりも。ここから出られなくなったら。死んでしまうかも知れない。ここには化け物がいるのだ。

うちがあるに違いないと思う方へ歩く。でも、どんなに歩いても、うちはおろか、知っている景色一つにすら出喰わさない。ひょっとしたら、同じ処をぐるぐるまわっているのかもしれない。

段々心細くなってきた。涙がにじんでくる。おなかがすいた。怖い。そろそろ夕方になる。

信彦のあゆみはしだいに速くなってきた。小走りになる。息切れが怖さを助長する。

おまえは誰だ。

周囲の木々が、合唱しているような気がした。

おまえはここへ来てはいけない。いけない。いけない。

冷たい木立ち。そこはかとない悪意。

と。実に奇妙な――この場に不釣り合いな音を聞いたような気がして、信彦は立ちどまった。この場に不釣り合いな音――ピアノの音色《ねいろ》。

その頃、村にはピアノは二台しかなかった。一台は中学校の音楽室に、一台は村長の家に。村長の娘は、つっかえつっかえのソナチネしか弾《ひ》けなかったし、音楽の先生の音とも違う。

信彦は、ピアノの音がした方へ、しゃにむに走っていった。ピアノがあるということは、人家《じんか》があるということだ。木々のあいだをすり抜け、下草《したくさ》につまずき、小枝でひっかき傷を作り、急な斜面をすべりおちた。

そして。密に生えている木々が、突然ぽっかりとなくなり、丸い草原が出現する。

この世のものとは思えない情景。

遠くに、大きな家が見える。レンガ造りの古めかしい洋館。レンガに一面に蔦《つた》がからみついている。六月の陽光に透《す》けて見えるあたたかい緑。南向きの大きなフランス窓。ピアノの音が聞こえてくるのは、その洋館からだろうか――否《いや》。

洋館の隣には、ガラスの温室。中にはどんな植物が生えているのか、ここからでは判然としない。ただ、ここからでも良く判《わか》るのは、中の緑。どうしようもなく多数の緑が、温室の中でうねっていた。うねる――そう、その植物は、動いていたのだ。のみならず。どうやらピアノの音は、その温室の中から聞こえてくるらしい……。

温室と洋館の前には、大きな庭が広がっていた。実に見事な、そして、実に不思議な庭。芝生のような下草が一面に生えている。みずみずしい緑の草。処々にたんぽぽだの、なずなだの、しろつめ草だのが群生している。あまり手入れのよい庭ではない。そして。あたり一面に名の知れぬ草木。蔦のような葉をした低木《ていぼく》。その低木にからみつく蔓《つる》。大きな葉。平行に走る葉脈。ピンクのすずらんによく似た形の花がいっぱいついている小さな木。一面の植物、一面の緑、一面のグリーン。洋館にからみつく蔦が、まるでさざ波のように、ゆれた。

ピアノの音は、かなり大きくなっていた。信彦が音源に少し近づいた為だけじゃない。曲自体がそろそろクライマックスをむかえようとしていたのだ。うねる草、うねる音、メゾフォルテ、クレッシェンド、フォルテ、クレッシェンド、フォルテシモ！　ほとんど暴力的にピアノをたたくような音と共に、曲想が変わった。せつない音色。何かを訴えかけているような。

帰りたい。帰りたい。帰りたい。

そのメロディは、こう訴えかけているように、信彦には聞こえた。

帰りたい。帰りたい。帰りたい。遠い祖国に。遠い国に。

せつない、しかし甘美な曲に魅《ひ》かれて、信彦は一歩踏みだした。と。急に目の前の草が、ふりむいたのだ。

深緑の細い葉の群れ。信彦は、最初それを、りゅうのひげという草だと思っていた。うちの池のそばに生えている、りゅうのひげの群生。そのりゅうのひげがふりむいたのだ。

「あなた、誰」

りゅうのひげが口をきく――彼がりゅうのひげだと思った草は、目の前にむこうを向いて座っていた少女の髪だった。すいこまれるような深い緑の髪をした少女。まだ四つか五つだ。

「の……信彦。嶋村信彦」

信彦は、すこしどもりながら答えた。緑の髪の少女――この世にあり得べからざるものを見ながらも、不思議と恐怖はわいてこなかった。恐怖の対象とするには、少女はおさなすぎたし、可愛《かわい》らしすぎた。少し丸い顔、大きなあどけないひとみ、まっ白な肌、舌たらずな口調。そして、その深緑の髪は、息をしてはいけないと信彦に思わせる程、美しかった。

「あなたの髪、どうして黒いの」

少女は聞く。その声にあわせて、まわりの草が、軽くゆれた。

「どうしてって……」

「おじいちゃまは白だわ。拓《たく》兄ちゃんも夢《ゆめ》ちゃんも歩《あゆみ》も緑よ。あなたの髪、どうして黒いの」

少女はこの洋館で、緑の髪の人々に囲まれて住んでいるのだろうか。下界——そう、ここはまさに、下とは切り放された、どこか別の世界だ——には黒髪の人間が沢《たく》山《さん》いるということも知らずに。

「ぼ……僕、知らない」

「そう」

少女は簡単に納得した。

「ピアノを弾いているのは誰」

信彦は、少し大胆になって、少女の隣に腰をおろす。

「ピアノ……？」

「ピアノだよ。今聞こえている音」

「ああ、あれはママの歌よ。ママの歌のこと、ピアノっていうの?」

少女は温室を指す。温室の中は、一面の緑。あそこに少女の母がいるのだろうか。少女のように緑色の髪をした。

「ママに会う?」

少女は立ちあがると、温室めざして駆けだした。

「僕……いいよ」

何故《なぜ》か信彦は急に怖くなる。裏手の山には化け物がいるんだよ。村の大人の台詞《せりふ》を思いだす。

とたんに、ピアノの音──ママの歌がやむ。そして。温室の窓という窓が、深い緑でおおわれた。深い緑の少女の母は、あきらかに信彦を見ている──僕を見ている──。

「僕……帰る。ぼく……かえる……」

信彦は数歩あとじさり、そのまま、死にもの狂いで走りだした。緑、緑、みどりのざわめき。木々の間を抜け、下草に足をとられ。そのすべての緑が、追手のように、今の信彦には思えた。

どうやって家についたのか、覚えていない。とにかく、その晩から三日間、信彦は熱にうなされた。深い緑が目の前から離れなかった。印象が強すぎた。

信彦は、自分の経験を、誰にも話さなかった。本能的に、その日のできごとは、人に言わない方がいいと思ったのだ。そしてまた、二度と、あの洋館の方へは行くまいと思った。何か、この世のものならざるものが、あそこにはある。

☆

だが。あの洋館と少女は、幼い信彦の心の中に、どうしても消すことのできない跡を残していた。緑のイメージ。うねり、歌う緑。急にふりむいた、濃い緑の髪。

授業の中で、信彦は理科に最も興味を覚えた。中学では生物が一番得意だった。高校では生物部にはいった。大学は、理学部生物学科を志願した。そして今。研究室で彼が追い続けている植物──その緑を見るたび、信彦は、あの日の少女のことを想《おも》い出すのだ。うねり、歌う、緑の群れ。

そして彼は、三沢明日香に会った。

☆

最初は、駅前からちょっと奥まった処の、喫茶店だった。右隣に病院。左隣に本屋。信彦は、友人とお茶でも飲もうと、その店にはいったのだ。行きつけの店へ行こうという友人——根岸《ねぎし》に、彼にしては珍しく、強い言葉でその店を主張して。

「何だ。こんな処に、喫茶店ができたのか」

その店は、確か、昨日開店したばかりだった。

「ここ、何かあるのか？　コーヒーがうまいとか」

「いや僕も初めてだ」

「じゃあ何であんなにここを推《お》したんだ」

「名前と造りがいいじゃないか」

「そうかな……」

店は、〝みどりのいえ〟という名だった。古ぼけたレンガ——おそらく、そう見えるだけのタイル造りだろうが——と、それにからみつく蔦。店中においてある鉢《はち》。あの洋館と、雰囲気《ふんいき》が似ていた。そして、中へ一歩はいったとたん、信彦は強い感動を覚えた。同じなのだ。何もかもが。

中央にピアノ。ピアノを弾いているのは、長い黒髪を腰までたらした女。その女の顔は、いつかの少女にそっくりだった。あの少女がそのまま成長したかのように。そして、店の雰囲気。信彦達がはいってきたとたん、店中の緑が彼らに注目したような気配があった。軽い戦慄《せんりつ》。でも、不快な感じではない。なつかしい——そう、なつかしかった。

ピアノの調べはショパン。

「ノクターンだ……」

信彦は、軽く目をつむる。根岸が、ちょっと意外そうな顔をする。

「へえ。嶋村がピアノに詳しいとは知らなかった」

「詳しいって程じゃない。昔、少しかじったことがあるだけだ」

あのピアノを聞いてから。

ピアノを弾いていた娘が、一曲おえると水を持ってきた。

「御注文は？」

信彦は、酔い心地になる。声までが、いつかの少女に似ていた。

「今の……ショパンのノクターンだね。変ロ短調、作品九の一」

「ええ、そうです」

娘は驚いたような笑顔を作る。

「ピアノ、お好きですか？」

「好きって程じゃないけど……あ、コーヒー」

根岸もコーヒーを注文する。娘がカウンターの中へはいった後で、根岸、信彦を軽くつっつく。

「おまえが用もなしに女の子に声かけるの、初めてみたぜ」

「よせよ……そんなんじゃない」

そんなんじゃない。あの娘は——あの娘は……。あの子は、本当にあの少女に似ている。

それが、三沢明日香だった。

2

また、彼がいる。

あたしは、いつもの散歩のコース——ベンチに座り、右の方をうかがう。満天星躑躅《どうだんつつじ》のしげみのせいで、自信を持って断言できないけれど、でも、あれは多分、あの人よ。お店によく来てくれる数少ない常連の一人。確か嶋村さんと言った。

どうしてかな。あたしは軽く首をかしげる。あたしに気がある、とか。まさか、ね。ほんの数える程しかしゃべったことないのに。少しうぬぼれてるな。今の思いをうち消すように、軽く首を振る。多分、陽《ひ》のあたるベンチで、ぼけっと座っているのが好きなだけだわ。きっとそう。

空を眺める。気がつくと、右目は嶋村さんの方を見ていた。嫌《や》だな、あたし、かなり意識してる。彼のことを。

嶋村――何ていうのかしら。のぶひこ、かしらね、まさか。

何ということなしに、彼のことを考えた。しまむらのぶひこ。遠い昔、あたしはそう名乗る男の子と会ったことがある。いつだっけ、ずいぶん前。あたしがまだ、おじいちゃまの家にいた頃。

どういうわけか、あたしには小さな頃の記憶がない。昔、あたしが十《とお》くらいの時、うちが火事になったのだそうだ。その火事でおじいちゃまは死んだ。その時、あたし、現場にいて――どうやら、おじいちゃまの最期《さいご》を見てしまった……らしい。拓兄さんはそう言っていた。で、幼いあたしの心には、おじいちゃまの死と火事があまりにも衝撃的だったので、その為《ため》、あたしの心はおじいちゃまにまつわる記憶を一切消してしまった……。

ひどい話じゃない。あたしは余程《よほど》愛情にとぼしいのかしら。あたしを育ててくれた人の記憶をそう簡単に手放すなんて。そう思わないこともなかった。でも……覚えていないものは覚えていないんだもの。

そんな中で、唯一《ただ》つ鮮明な記憶は、しまむらのぶひこという男の子のこと。

何度も夢を見た。草原に座っているあたし。ふいにうしろで人の気配がして、振り向くと男の子がいた。

驚いたの、とっても。何故《なぜ》ってその男の子の髪は黒かったから。

そろそろまた髪を染めなくちゃいけない。

何でなのかしら、あたしの髪は緑だ。拓兄さんも、夢ちゃんも。あたしの髪は、自分の意志で動かすことができる。あたしの髪は、光合成をすることができる。

小さな頃は、しあわせだったろう。山の中で、緑の髪の拓兄さん達と一緒に、毎日ひなたぼっこして。普通の人の髪は黒だということも知らずに生きていて。

あん、もう二十分たった。おうちへ帰らないと。また、三沢のおじさまにしかられる。

あたしは立ちあがると、もう一回、嶋村さんの方を、何気《なにげ》なさそうに眺めた。

☆

あたし、三沢明日香という。——今はね。昔は岡田《おかだ》明日香だった。おじいちゃまが岡田姓だったから。火事のあと、あたし達——あたしと拓兄さんと夢ちゃんは三沢のおじさまにひきとられて、そこで名字が変わった。

根なし草なの、あたし達。

拓兄さんとあたしが兄妹だってことは確からしいんだけど、夢ちゃんとあたし達の関係は判《わか》らない。おじいちゃまも、血のつながった祖父ではない。三沢のおじさまも。

つまりあたし達は身なし子で、おじいちゃまに育ててもらったらしい。で、おじいちゃまが死んだ後、おじいちゃまの知りあいの三沢のおじさまにひきとってもらって。明日香という名前もおじいちゃまがつけてくれた。

二重の記憶喪失だわ。あたしが本当はどこの誰だか判らずに、十歳前の記憶を手放して。

たまにとっても淋《さび》しくなる。

「二十七分ジャスト。二分遅刻だ、明日香」

ドアを開けると拓兄さんが笑ってた。

「ほらよ」

エプロンを放ってくれる。拓兄さん——顔は笑ってるけど、目は笑ってない。

「ごめん、のろのろ歩いてきたから」

「いや、それはいいんだけどさ。ただ」

拓兄さんは自分のエプロンを外すと、カウンターの奥に放りこんだ。

「ただ、木のそばに二十分以上いなかったろうな。まあ……一時間位は大丈夫の筈《はず》だけど」

「うん。時計見てた。きっかり二十分」

「ならいい。じゃあ、今度は僕が出かけてくるから。店番たのむよ」

「OK」

お店——あたしと拓兄さん、みどりのいえっていう喫茶店やってんのね——には、お客は誰もいない。お金をもうけることが目的でお店やっているわけじゃないからいいけど、やっぱりこのお客の入り方は問題ね。普通ならとっくにつぶれているわ。

まあ、暇もいいでしょう。あたしは、店の中央にあるピアノの前に座った。

☆

ピアノの音を聞いていると、たまに自失してしまうことがある。流れる旋律。自己陶酔。白い指がピアノの上を舞う。もう少し陽にあたりたいな。少し白すぎる、指。うねる。ゆっくりと。優しく。優しく。

優しい旋律に身をまかせて、あたしは他のことをすっかり忘れ果てていた。軽く目をつむる。

金色の木《こ》もれ陽《び》。下草《したくさ》はやわらかい黄緑。ねっとりと、からみつくメロディ。甘いリフレイン。繰り返す想い。何かしら、いとおしいものへ向ける、切《せつ》ない、気も狂わんばかりの想い。曲はクライマックスをむかえる。泣き声をあげるピアノ。すべる指。メゾフォルテ……フォルテ……フォルテシモ、クレッシェンド、クレッシェンド、クレッシェンド！

最初のパートが終わって、あたしがほっと息をつくと。急に拍手が聞こえた。え、え、誰！　慌《あわ》てて顔を上げると――嶋村さん。

「あ、あら。いつ、いらしてたんですか」

あたしは慌てて水を運ぶ。きゃん、あたしのドジ。いくらピアノに熱中してたからって、お客がはいってきたのにも気づかないなんて。

「ごめんなさい、遅くなって。何になさいます」

「いや、いいよ。なかなか素敵な演奏だった。あ、コーヒー」

嶋村さんも、何だか少しおどおどしているみたい。

「いつもカウンターの奥にいる人はどうしたの」

「拓兄さんですか？　今、ちょっと……あと七分で帰ってきます」

「いやに正確だね」

正確にならざるを得ないのよ。木のそばにいていいのは、二十分だけなんですもの。あたしは奥でコーヒーをいれ、嶋村さんに運ぶ。

「お兄ちゃんがいれたんじゃないから……いつもよりまずいかも」

「お客にそんなこと言っちゃいけないよ」

「あ、そうですね、そう言えば」

あたしと嶋村さん、顔を見合わせて、少し笑った。いつもより親し気《げ》な雰囲気《ふんいき》。ふいに何となくぞくっとする。どうしてかしら。人と二人きりでいるのって、時々、怖い。

「今の曲、何ていうの」

「さあ……」

「さあ？」

「よく判らないんです。小さな頃聞いた曲を自分風にアレンジしたものだから」

「へえ。君の作曲かあ」

「あん、そんな大仰《おおぎょう》なものじゃなくて。……お兄ちゃんとか夢ちゃんは、あれをグリーン・レクイエムって言ってますけれど」

「レクイエム、ね。鎮魂《ちんこん》ミサ曲か。何の魂をしずめる曲なんだろうね」

「さあ……」

「それは君の口癖かな」

「え？」

「すぐ、〝さあ……〟って言う奴」

「え？　さあ……あ、また言っちゃった」

ちょっと微笑《ほほえ》んで、すぐカウンターの奥にひっこむ。ちょうどはいってきた、二人連れのお客さんに、水を運ぶような顔をして。

やだな。あたし、かなり嶋村さんを意識してる。

なんとなく笑みをうかべてしまう顔を、懸命にひきしめた。

あのね、嶋村さん。心の中で呟《つぶや》いてみて。あたしがすぐ、〝さあ……〟って言うの、口癖っていうんじゃないと思うの。多分、人とあんまりお話ししたことがないせいだわ。

あたし、学校に行ったこと、ないの。お兄ちゃん達以外の人と個人的に口をきくの、多分、あなたが初めてなの。お友達って、一人もいないの。

時々、おじいちゃまを恨《うら》む。三沢のおじさまも。彼らは、意識して、あたし達が他の人――普通の人と親しくならないよう、つとめてきたんだと思うから。拓兄さんがお店を出すのだって、ずいぶん反対された。あたし達が一生生活してゆくだけのお金はあるのだと言って。

あたしは、普通の人間じゃない。髪が緑で、意志で動かすことができて、光合成ができるだなんて。誰にもそれを悟られちゃいけない。小さい頃から、そう言い含められて、育てられてきた。十一や十二の頃は、なんの抵抗もなくそれを守ってきたんだけれど……けれど。

誰にも自分の秘密を悟られないように生きる。いかにも普通の人間のような顔をして。その為、他人と親しくなるのは御法度《ごはっと》。そんなのって、淋しすぎるじゃない。それじゃ、何の為《ため》に生きているのか判らないじゃない。

他の人と体の造りが違うって、そんなにいけないことなの？　光合成ができるって、そんなにいけないことなの？

「ただいま、明日香。……あの客のオーダー聞いた？」

かっきり二十五分で帰ってきた拓兄さんが、エプロンをつけながら聞く。

「あ、まだ」

あたし、慌てて今の考えを心からおいはらう。

でも。

心の隅がうずいていた。嶋村さん。あなたと会ってからよ。あたしの精神状態がおかしくなったの。

3

「明日香がおかしいっていうのは」

三沢良介《りょうすけ》は、一語一語言葉を区切ってこうしゃべり、拓の顔をみつめた。

「それは体のことかね」

「心の問題ですよ」

拓はこう言うと、軽くため息をついた。深夜。明日香も夢子《ゆめこ》ももう寝ているだろう。三沢のおじさんの書斎で、こんな話がされているとも知らずに。

「ここのところ、変です――というより、あたり前の女の子になってきたみたいだ」

「というと？」

三沢は、ため息をつくように言葉を口にする。

「光合成ができるのは、そんなに悪いことなのかって、二度聞かれたんです。どうしても他人と親しくなっちゃ、いけないのかって」

「悪いことって……体の秘密が露見したら、明日香にとって命取りだぞ」

「判《わか》っています。いや、僕や夢子は、判ってます。でも、明日香は知らないんだ。どうして僕達が隠れてなくちゃいけないのか、どうして僕達は、家の外へ出ちゃいけないのか——一時間以上植物のそばにいると、どういうことになるのか」

「…………」

三沢は考え込む。明日香にも、話しておくべきなのだろうか。彼女の正体のことを。

「土台《どだい》無理ですよ、二十二の女の子に、理由も言わず、普通の人間と接触しちゃいけないなんて納得させるのは」

「…………」

それから拓は、少しまよう。これを言うべきかどうか。明日香は今、自分で自分が判らなくなっている。それはおそらく——あの男のせいだ。

二十二の初恋！　莫迦莫迦《ばかばか》しすぎる事態だ。齢《よわい》二十二まで、外界とは一切接触せずにすごしてきたのだ。明日香には、他人に対する免疫《めんえき》が全然ない。一度のぼせあがったらどうなるか……。

「理由を話せば、明日香は納得するだろうか」

三沢の声は、なんとも憂鬱《ゆううつ》だった。

「明日香に——話さなければいけないのだろうか。何故《なぜ》、彼女が光合成ができるのかということを……。二十二まで知らずに来たんだ。このままにしておいてやりたい。……できることなら。ショックが強すぎるだろう」

「明日香は強い子です」

拓は、うつむき加減に言う。

「精神的にはね」

「それはそうだ。何せ、岡田善一郎《ぜんいちろう》を殺せるだけの精神力を持ちあわせていたんだから。十《とお》の時に」

「おじさん！」

「……悪かった。こういう言い方をする気じゃなかった」

光合成ができる理由を話してきかせたら、明日香は想い出してしまうだろうか。あの火事の日のことを。岡田のおじいちゃまが明日香を殺そうとし、明日香がそのおじいちゃまを殺して逃げた日のことを。それが怖かった。そのショックで――自分が育ての親に殺されかけ、その人を殺してしまったショックで、明日香は記憶をなくしてしまったんだ。だから今、それを想い出したら。明日香の精神状態は……。

しかし。それを知らずに、自分の正体を知らずに、万一明日香がこの家を飛び出してしまったら、下手《へた》をすると、世界中が恐慌をきたす。日本には水田や畑がまだ結構あるのだから。

「そのうち、折をみて明日香に話そう。彼女の体のことや、母親のことを……」

「おじさんから話していただければ、気が楽です」

僕にはとても話せない。彼女が――人間ではない、なんて。

拓は深いため息をついた。

☆

夜半。信彦――嶋村信彦は、アパートで、一人でウイスキーなぞ、飲んでいた。ヘッドホーンをつけて。ピアノ曲。リスト。巡礼の年。DEUXIÈME ANNÉE:ITALIE Après une lecture du Dante. 曲の高まりにあわせて、精神までたかぶる。苛々《いらいら》と。

明日香。あの少女とよく似た女の子。ろくにピアノにさわらなくなって以来、満足に動かない指で机をたたく。あの娘《こ》なら、このフレーズをどう弾《ひ》くだろう。

明日香はあの時の女の子だ。まるで根拠も何もないが、しかし、信彦はそう確信していた。

急にふりむいた緑の髪の印象が、心の中で鮮《あざ》やかによみがえる。では。では、彼女のあの髪はどう説明する？

緑色の髪の少女など、存在しっこない。だとしたら、信彦が子供の頃見たのは、夢だったのではなかろうか。

机をたたくテンポが速くなる。常連の客とウェイトレス。顔なじみ。そんなつきあい方が、物足りなくて仕方なかった。

でも。では。どうする？

女の子を口説《くど》いたことなんて、ついぞなかった……。以前のGFの顔を想いうかべてみる。美由紀《みゆき》。彼女とは、中学のクラブが一緒で何となく親しくなったってだけだし……。洋子《ようこ》。あの時は彼女の方が積極的で信彦はむしろ受け身だったし……。

根岸にでも相談してみようかな。……目一杯、莫迦にされそうだ。二十五の男が。うー。

☆

「明日香……寝てる？」

夢子は、二段ベッドの上段に、そっと声をかけてみる。返事はない。

寝てるのね。ならいいわ。

ここのところ、明日香、変。夢子は寝がえりをうつと、壁の方を向いた。

一言、明日香に言っておきたかった。

あなたの体が他の人と違うのは、あなたの罪じゃない。あなたがそれを気にやむことはないのよ。

昨日、拓が夢子に相談してきた。明日香が最近、店に来る客の一人を妙に意識していると。でも、それはあたり前のことじゃない。

あたしには拓がいる。この先、あたしは彼と生きてゆける。でも、明日香には。

「……夢ちゃん？」

だいぶ時間がたってから、上段から声が降ってきた。

「何だ、明日香、おきてたの」

「寝つかれなくて……呼んだ？」

「ええ、ちょっとね。……もし、もし仮によ、明日香。あなたが何かを思いつめたら」

「え？」

「感情が、理性でおさえつけられなくなったら、感情の方に従いなさい」

「どういうこと」

「判ってるでしょ。拓やおじさんのことは気にしなくていい。あなたにだって、人並みに生きる権利はあるんだから。もし、そのせいで狩られることになっても、あたしと拓のことは心配しないで」

「狩ら……れる？」

「あたし達はあなたより強い。あなたより長いこと、おじいちゃまの許《もと》にいたから」

「どういうことよ、夢ちゃん。あたし、さっぱり判らない」

「じき判る……ような気がするの。覚えていて、意味は判らなくても。あたしと拓は、あなたより強い」

「夢ちゃん？」

それきり夢子は口をつぐむ。明日香も、それ以上、説明を求めようとはしなかった。

4

どうしたのかな。嶋村さん。これでもう三日も店に来ていない。

あたし、変ね。何で彼のことが気になるのかしら。

みんな、最近、変よ。おじさまと拓兄さんは、何だかこの頃、あたしのことばっかり見ている。夢ちゃんは夜中にわけの判《わか》らないことを言う。

退屈をまぎらわそうと、ピアノにむかった。店は相変わらず閑古《かんこ》鳥《どり》が鳴いている。お客様はいないし、拓兄さんは日光浴中。

ざれ弾《び》き。ドビュッシー。それからショパン。ピアノソナタ変ロ短調第三楽章。うわぁお。何て曲、弾いてんのかしら。葬送行進曲よ、これ。まあ、これだけ見事に客の来ない店にはぴったりかも知れないけれど。

「リクエストしたいな」

ふいに声がして、振り返る。嶋村さん。どうしてこの人は、こう心臓に悪い登場のしかたをするんだろう。

「いつ、いらしてたんですか」

「今」

「全然気がつかなかった……。コーヒー、ですか？」

「ピアノに熱中していたようだから、そっとはいってきたんだ。今日はね、少ししゃれて……カプチーノにしよう」

カウンターの奥にひっこんだあたしに、さらに嶋村さん、しゃべりかける。いつもより饒舌《じょうぜつ》ね。

「しかし、この店の雰囲気で、葬送行進曲なんて弾くと、似合いすぎて不気味だな」

「うふ。あたしもそう思ったんです。リクエストっていうのは？　あんまりむずかしいの、弾けませんよ」

「いつかの曲――グリーン・レクイエムっていったっけ、あれ弾いて欲しいんだ。あれ聞きながらなら、言えそうな気がする」

「何を？」

「弾いてごらん。言ってみるから……何やってんの」

カウンターの中をのぞきまわっているあたしの姿を見て。

「シナモン・スティックがね……どこいったのかしら」

「いいよ、別に、普通のスプーンで」

「でも……」

カプチーノなんて注文する客、滅多《めった》にいないから。

「困っちゃったな」

そんなあたしの姿を見ながら、嶋村さん、時計を眺める。

「あら、お急ぎですか」

「いや、あと五、六分すると、君の兄さんが帰ってくるだろう。できればその前に……いいか、BGMなしでも。あのね、三沢——明日香さん」

いつになくあらたまった言い方で、嶋村さんはあたしの方を見る。あたし、何故《なぜ》かどきっとして、視線を彼から外した。

「君、昔どこに住んでいた？」

注意！ 心の中一杯に警報がひびいた。小さい頃の話は、絶対しちゃいけない。理由は判らないけれど、三沢のおじさまは、毎日あたしにそう言いきかせていた。

「ずっと……ここに、いますけど。この店の二階がうちなんです」

「そう？」

嶋村さんの目が、細くなった。

「嘘《うそ》をつく時は、もうちょっとそれらしくない表情しないとね」

「僕は小さい頃、山あいの村に住んでた。裏手の山の道がまるで迷路でね……。その迷路の奥に、古びた洋館と温室があったんだ。僕は一度だけそこへまよいこんだことがある。そこには、緑の髪の少女がいた」

緑の髪の少女なんて、いる筈《はず》ないでしょう。そう言いたかった。なのに。口が動かなかった。

かわりに、出てきた言葉は、自分でも予想外。

「嶋村さん……お名前、なんておっしゃるんです」

「信彦だよ。しまむらのぶひこ」

……聞かなくても判っていた。判っていた。

「想い出してくれた？」

「何を」

自分の声がふるえていて——まるで泣きだす寸前だと、いやという程よく判った。

あたしは、やっとみつけたシナモン・スティックの箱に手を伸ばす。

「笑ってもいいよ」

嶋村さんは、あたしから視線を外す。

「僕は、ずいぶん長いこと――ずっと、その少女に恋をしてきた」

シナモン・スティックが床一面に落ちた。何本も転がってゆく。

「明日も、明後日も、ずっとあの公園に散歩に行くよ。それでもし……まあ、いいか」

嶋村さん、立ちあがる。あたしは転がってゆくシナモン・スティックを目でおっていた。

☆

「明日香。顔色がよくないね」

その日も、昼すぎまで寝てしまった。最近、体がだるい。でも、そんな気配、みせないように注意して。

「そうかしら。元気ですよ、あたしは」

三沢のおじさまと夢ちゃんが、少しおそい昼御飯を食べていた。おじさまの病院――あ、おじさまはお医者様なの――が隣の建物なので、食事の時にはおじさまは、自宅の方へ帰ってくる。といっても、食事をするのはおじさま一人で、夢ちゃんはお茶をのむだけ。あたしもそう。あたし達は――光合成によって養分を作っているので

——食事をとる必要がないのだ。

「お兄ちゃんは？」

「お店。客なんて、滅多にこないのにね」

「あたしも手伝わなきゃ」

「明日香」

あたしの台詞《せりふ》を、おじさまが無理にひったくる。

「拓から聞いたよ。おまえはこの一週間、全然日光浴に出ていないそうじゃないか。食事をしないのと同じだぞ、それは。顔色が悪くなって当然だ」

「でも、店のガラス窓ごしに……」

「そんな不健康な顔色で、何を言うんだ」

だって。あの公園に、嶋村さんは毎日行っているんだろうか。あたしは——あたしは、もう、行かないのに。

会うのが怖かった。嶋村さん。会ったら彼に何と言ってしまうか、自分で自分が判らなくて。

「どうして日光浴をしないんだ。明日香。ただでさえおまえは一番弱いのに、衰弱してしまうぞ、完全に」

「でも……怖くて」

「怖い？」

「自分が」

「どういうことだ、明日香」

お説教を始めようとしたおじさまを、夢ちゃんがさえぎる。

「あたしには判るわ。何で明日香が外に出ないのか。嶋村さんでしょう、原因は」

「嶋村？　それがその……男か」

あたし、食卓をはなれようとする。そのあたしの手首を、おじさまがつかんだ。

「その男が店にいりびたるから、明日香は外出しないのか」

「違います！」

思わず叫んでいた。嶋村さんはあの日から店に来ていない。

「逆です。おじさん」

夢ちゃんが、冷静な声で言う。

「おそらく明日香は、外での嶋村さんとのデートの約束をすっぽかし続けているんですわ。違って、明日香」

あたしは返事をしなかった。心臓の音が、はっきり聞こえた。

おじさまは、はっきりそうと判る程、辛《つら》そうな声をだした。

「……明日香」

「おまえに言わなきゃならない。おまえの体と……髪のことを。おまえは他人と接しちゃいけないんだ。ちょっとでも勘《かん》のいい人と親しくなれば、すぐおまえの体が異常だということが判ってしまう。おまえは食事ができない。雨が降るとそれだけで体調が崩れてしまう。おまえの髪は自由意志で動かすことができるし……」

「おじさん、それを明日香に教えてどうするんです」

夢ちゃんが、おじさまの台詞をさえぎった。かなりの迫力。

「前々から思ってました。おじさんも拓も、ひどすぎる……。明日香だって、普通の女の子です。友達も欲しいだろうし、いろいろな処《ところ》へも行ってみたいだろうし、恋人だって」

「そんなことは判っているんだ！　でも、これは明日香だけの問題じゃない。十二年前には、おまえ達には逃げ場があった。岡田善一郎の処からこの家へ。でも今は？　うちから狩りたてられたら、おまえ達にはもう逃げてゆくあてはないんだぞ」

「それが何だっていうんです。なら、あたしは拓とどこまでも逃げますわ。今の状態、何て言うか知ってます？　生殺《なまごろ》しだわ。存在することを誰にも悟られずに生きてゆかなきゃならないなんて、狩られるよりひどい」

「夢子！　おまえは知っている筈だ。おまえ達は」

「それが何だっていうんです！　確かにあたし達は普通の人間じゃないかも知れない。でも、それがあたし達の罪ですか！　あたし、もう、嫌！　一日中、うちの中で、誰とも関わらずに生きてゆくのは。……おじさん、何で拓が全然うまくいってない店にあれだけ執着するのか判ります？　たまらないんです。何もしないで生きてゆかなきゃいけないのが。どんなにエサがいっぱいあったって、そこが居心地《いごこち》のよい処だって、ガラスのシャーレの中でなんか、生きていたくない」

何。何よ。どういうこと。

あたしは呆然《ぼうぜん》と、夢ちゃんとおじさまの口論を聞いていた。話の筋が全然読めない。狩られるって、どういうこと？　狩られるのはあたし達？　だとしたら狩るのは誰。何で。

いや、それよりも。話の内容よりも、夢ちゃんとおじさまの気迫が怖かった。とっても迫力のある言い争い。

ここにいたくなかった。夢ちゃんも、おじさまも、怖かった。本能的な恐怖。

あたしは数歩あとじさると、身をひるがえし、ドアから駆けだしていった。階段を走りおりる。一階はお店。

脈が速かった。急に運動した為《ため》だけじゃない。今――今、何か、想い出しかけたのだ。なにか。

夢ちゃんもおじさまも、普段はとっても優しい人達なの。あたし、二人共大好きだった。なのに、今、何故かあたしはこの二人が怖い。この感情――優しいと思ってた人が急に怖くなる感情、前に一度味わったことがある。

心が重い。胸さわぎ。

何か、とてつもなく重要なことを、あたしは忘れている。なくしてしまった昔の記憶。火事。あの時、本当に火事のせいだけであたしは記憶をなくしたのだろうか。

「明日香、どうした」

店にはいると、拓兄さんが、いつもとまるで同じ調子で声をかけてくれた。カウンターの奥で読んでた新聞から目を上げて。

「凄《すご》く顔色が悪いぞ。きのうよりひどい」

「そう？　……お客様は」

「今のところ、いないよ。この道楽もやめなきゃいけないかなあ」

拓兄さん、のっそりとFMのスイッチをいれた。何か重たい、体にまとわりつくようなメロディが流れる。外国語の歌詞。

「コーヒーでもいれてあげようか。暇だし」

上ではまだ夢ちゃんとおじさまが論争を続けているのだろうか。

「明日香」

「あ、はい、何だっけ」

「コーヒーいれてあげようかって言ったんだ」

「じゃ……カプチーノ」

「面倒な注文だな」

カプチーノ。あたしは、奥の棚からシナモン・スティックを取りだす。もう落としたりしない。

「今日ね」

拓兄さんが、さり気《げ》なく言う。

「珍しい人が来たよ。嶋村さん」

あたしは、全神経を手に集中した。シナモン・スティックを落とさないように、それしか考えなかった。

「朝一番に来たんだ。しばらく旅行するってさ」

「……そう」

あたしは、無意味に、カプチーノをシナモン・スティックでかきまわした。

☆

公園に来るのは何日ぶりだろう。あたしは久しぶりの晴天と日光を、目一杯楽しんでいた。髪をかきあげる。思いっきり髪をひろげてみたい誘惑。でも駄目《だめ》。そんなこと、普通の人間にはできない筈だから。

少し淋《さび》しいのは何故だろう。彼がいないから？

変ね。あたしから嶋村さんを避けていた頃には、思いもしなかった感情。もし。もし、ここが広い広い草原で、他に誰もいなくて、陽があたり――そして、彼が隣にいたら。あたしは思いっきり走る。髪を一面に広げ、伸ばす。そう。あたしの髪は、意志で四、五十センチ、伸びるのだ。彼はあたしをおいかける。二人して転ぶ。下はやわらかい草原。

嶋村さんが公園に行くといっていた間、あたしは店を出ず、日光浴をしなかった。でも、どうして。もし、嶋村さんを避けたいだけだったら、散歩のコースを変えればよかったのよ。別の公園か何かに。あたしが意地になって店を出なかったのは……。

感情が、理性でおさえつけられなくなったら、感情の方に従いなさい。

夢ちゃんの台詞を思い出す。

旅行。どこへ行ったのかしら。彼。あたしは生まれてこのかた、おじいちゃまの家と世田谷《せたがや》の三沢のおじさまの家と、この公園しか知らない。

いつか見た写真集。南の方――四国だったかな、岡山だったかな、一面の菜の花。山村暮鳥《やまむらぼちょう》、好きだった。

いちめんのなのはな
いちめんのなのはな
かすかなるむぎぶえ
いちめんのなのはな

そんな処を駆けてみたかった。一度でいいから。

好きなもの、いっぱいあったの。やってみたいこと、いっぱいあったの。TVのドラマのタイトルバックに、荒川の土手が映ったことがあった。緑の草。急な斜面。その斜面が、まるですべり台ででもあるかのように、男の子がすべるの。

東京の地図を眺める。大井町《おおいまち》。品川区に、確かにそういう町名はある。でも、あたしは、朔太郎《さくたろう》の詩でしか大井町の情景を想いうかべることができない。もう幌《ほろ》馬車はないだろうけれど、今でも冬の空には煤煙《ばいえん》がたちのぼっているだろうか。萩原《はぎわら》朔太郎。あたし、彼の詩、大好きだった。夜、墓場を歩いてみたかった。うす紅《くれない》の着物を着た女《ひと》に会うために。

あてのない思いが体中を駆けめぐる。海。一度でいいから、TVでも写真でもない、本物を見たい。日本海でも太平洋でも瀬戸内海でも。浪《なみ》の花。海鳥。北の海というのは、どんな処だろう。本当に波は歯をむいて空を呪《のろ》っているのだろうか。中原中也《なかはらちゅうや》の詩のように。いつはてるとも知れない呪い。

呪い――呪われてるのは、あたしだわ。二十世紀末に――この文明の時代に――どこへでも行ける時代に、家の中にとじこめられて、どこへも行くことができないなんて。

外へ出られないあたしを哀れんでか、おじさまは詩集を一杯買ってくれた。あたしは夢の中でいろいろな処へ行って――余計、せつなくなる。

ギリシア。海をへだてた国。遠すぎて、空想するのも容易ではないけれど、カルモジインの夏。スモモの藪《やぶ》。青いスモモの藪。あたしははしゃいで小川の中を歩く。泳いでみる。ドルフィンをつかまえようとして手を伸ばす。多分、あたしの手首は細すぎて、小魚一匹つかまえられないだろうけれど、それでもいいの。手さえ、伸ばせたら。

あるいは。あたしは立っている。南風が吹き、雨が降る。あたしは立っている。待って。青銅をぬらし、ツバメの羽と黄金の毛をぬらした静かな柔かい女神の行列が、あたしの上に注ぐのを待って。

そう。雨にだって、ぬらされてみたかった。

——駄目ね、あたしって。夢を見る時も過去形だわ。行ってみたかった。駆けてみたかった。ぬらされてみたかった。

過去形しか使えない人間に、夢をみる資格があるのだろうか。目がさめると普通の人間になっていた。そんなことが無理なら。あたしが夢をみる為には、魔法使いの介在が必要だわ。あんまり背の高くない、やせぎすで、少し猫背の眼鏡をかけた魔法使い——嶋村信彦。

とんでもない方向へ傾いてゆこうとする想いを、かろうじてたてなおす。あたしったら何を考えているのよ。

でも。もし。もし、魔法使いが、あたしにかけられた呪いをといてくれたなら。

連れていって。遠くへ。一面の菜の花。広がる草原。歯をむいて空を呪う海。
連れていって。
──制限時間一杯、二十分、理性が時計と一緒にわめいた。帰らなくっちゃ、うちへ。
……帰らなくっちゃ、うちへ。
──連れていって。
帰らなくっちゃいけない、うちへ。
──お願い。
帰ろう。
あたしは、ため息をつくと、立ちあがった。

5

信彦は、列車にゆられていた。帰省するのは久しぶりだ。
もう一週間。明日香は公園に来なかった。
あの娘《こ》は何かにおびえている。確信は持てなかったが、信彦にはそう思えた。おびえているとしたら――髪のことだろうか。

なにぶん七つの時のことだ。明日香の髪の色は確かあの時緑だったが――確かあの時動く植物を見たと思ったが――自信はない。あまりにも見事な木々の緑がみせた幻だったかも知れない。

もう一度、あの洋館へ行ってみよう。七つの時以来だ。それも、あの時は迷子になっていた。果たして道は判《わか》るだろうか。

もう考えるのはよそう。目をつむる。

まるで見当外れな、まるで莫迦莫迦《ばかばか》しいことかも知れない。単に明日香は、あの時の少女に似ているというだけかも知れない。単に明日香は、嶋村信彦という男を好きになれなかっただけかも知れない。

いずれにせよ、列車は目的地へと走ってゆく――。

☆

道に迷ったらしい。まただ。信彦は、いいかげんにうんざりしてため息をつく。さっきからまるで同じ処《ところ》をめぐっているよう。

小さな頃の記憶は正しかったわけだ。この辺の道は、実際迷路じゃないか。

迷路。突然、妙なことを考えた。この辺の道は、果たして天然の迷路なのだろうか。言い方を変えると——本当に偶然に、こんなに迷いやすい道ができたのだろうか。

そんなことを考えながら、周囲の木々をみると。信彦は変なことに気がついた。若いのだ。木々が。この辺には、樹齢何十年、下手《へた》をすると百年位の木々がしげっていた筈《はず》。しかし。今、周囲にあるのは、せいぜい十年位の木々と——最近植樹されたように見うけられる木々。

いったんそう思いだすと。とめどがなかった。ムードも違う。あの時の木々は、まるで木立ち自体が信彦を迷わせようとしているかのような、妙な雰囲気《ふんいき》があった。漠《ばく》然《ぜん》とした悪意。それが感じられない。

「道に迷ったようじゃな」

突然、声をかけられてびくっとする。六十すぎの老人が一人、つっ立っていた。

「旅行かね？　この辺の道は、本当に迷路だよ。下の村へ行くのなら、方向が逆だ」

「それは判っているんです。……僕は、下の村から登ってきたんです」

「ほう……？」

その老人の目が急に細くなる。

「こんな処へ、何の用で来なさったんかね。見はらしは最悪じゃし、この先には何もありゃせんよ」

「古い洋館が……あると思うんですが。僕は昔、下の村に住んでいましてね。ちょっとなつかしくて」

「成程《なるほど》。ちょっとなつかしくて、かね。洋館ね……洋館っちゅうと、岡田家の焼け跡のことかの」

「やけ……あと?」

「だいぶ前に火事があったんだと。今、あそこに残っているのは、焼けたレンガだけじゃよ」

火事。そうか。それでこの辺の木々の様子が昔と違っていたのか。

「そう……ですか。おじさんは、ここら辺の人ですか?」

「その火事があって以来、この山のお目つけ役、といったところかな。山火事でもおきたらおおごとじゃから」

「……じゃあ、火事の前の岡田家については何も知らない?」

「さあ……。何でも、岡田善一郎とかいう学者がおったらしい。引退、とでもいうんじゃろか、すっかり学界をしりぞいて」

岡田善一郎。信彦はぎょっとした。有名な学者だ。植物学の権威。今の信彦の大学に、昔、属していた筈だ。何という偶然。運命。そう思いかけて、考えなおす。岡田教授は日本でも屈指の植物学の権威だった。信彦は、植物学が最も盛んな大学を選んだ。これは必然というものだろう。でも。

「それにしても凄《すご》い偶然だなあ」

思わずひとりごちてしまう。

「何が？」

「いや、僕は今、岡田善一郎が昔いた大学にいるんですよ」

「ほう……失礼じゃがおまいさん、名前は何というのかね」

「は？」

「いや、わしの知りあいが、今、その大学で教授をしとるんじゃよ。松崎というんじゃが……」

「ああ、松崎先生。するとおじさんは、松崎先生のお知りあいですか？　本当に凄い偶然だなあ。松崎教授は、僕の先生ですよ。僕は嶋村信彦といいます」

「しまむらのぶひこさん、のう」

老人は意味あり気《げ》に繰り返した。

☆

「……もしもし。松崎教授おられますかの。わしは町田《まちだ》と申す者じゃが……。あ、先生さんですか？　町田です、岡田家の焼け跡の見張り役の。……ああ、そうなんじゃ。あの焼け跡へ行こうとした人物がおったんで、御連絡した次第で……。男じゃ。いや、髪はそう長くなかった。はい……二十五、六といったところじゃな。背はすこし低め……陽《ひ》にやけとったよ、結構。いや、顔色は、全然、青白くなかった。……単なる一介の旅行者かも知れないがの……。でも、確かに目的地は岡田家じゃ。……いや。火事のことは知らんかった。……あ、変なことを言うとったよ。今、お宅の大学で、先生さんの下におるとか。嶋村と名乗っとった。そう、しまむらのぶひこ」

電話を切った後で、松崎教授はしばし呆然《ぼうぜん》とする。嶋村信彦？　あの嶋村？　彼が何故《なぜ》……。

「山下君《やました》」

「はい、松崎先生。何でしょう」

「嶋村君は？　今日は姿が見えないようだが」

「ああ、彼なら一週間程帰省すると言っていましたが……彼に何か用ですか？」

帰省。嶋村の田舎《いなか》は……。

「至急彼と話したいことがあるんだが、連絡先は判るかね」

「ええ……ちょっとお待ちください。……あ、はい、ありました」

山下はぱらぱらと手帳をくる。住所を見て、松崎はぎょっとする。村名が違うので気づかなかったが、確かに岡田家のすぐ近くだ。しかし。あの洋館は、山のかなり奥まった処にある。散歩で通る路ではないし、町田老人は、目的地は岡田家の焼け跡だとはっきり言った……。

「嶋村君と一番親しいのは誰かね」

「さあ……根岸か宮本《みやもと》でしょうか。嶋村がどうかしたんですか？」

「いや……。多分、私の思いすごしだろうが……。嶋村君に連絡をとってくれ。至急帰ってくるようにと。それから、根岸君を呼んでくれないか？」

☆

何年ぶりだろう。十八年――十九年ぶりかな。

嶋村信彦は、例の洋館の跡に立っていた。ここが初めてあの女の子を見た位置、そして、こっちにあの女の子は座っていた。ふりかえった深緑の髪。

あの記憶は間違っていなかった。そして、あの少女は明日香だ。

信彦は今や確信していた。

――帰りたい。帰りたい。帰りたい。

ふいに記憶のひだの中から、あの時のピアノの音がひびいてきた。ずいぶん長いこと、忘れていた感覚。

信彦は、今、七歳の少年に戻っていた。一枚の絵のように、あの時の風景が蘇《よみがえ》ってくる。

温室の中で、緑の何かがゆれていた。その植物がうねるたびに、ピアノの旋律が聞こえる。

この曲は――いつか明日香がひいていた曲だ。確かグリーン・レクイエムといった。

――何ということだろう。何という悲劇。

そのピアノの音は、意味を持った言葉になって、信彦の脳裏にひびき渡る。

――誰も助けに来てはくれまい。私達は、この地を抜けだすことができないのだ。

ピアノの音は泣き声になる。

――ああ、なんという処！　ここは地獄だ。まわりにいるのは、人喰い鬼達！　あまりにも不完全な生命体。私達は、この星にとどまらなければならないのだ。化け物のすみかに。

切《せつ》ない身を切られるようなメロディ。

——帰りたい。帰りたい。帰りたい。私の故郷。緑の園。こんな化け物の群の中にとどまらねばならないのか。

段々と大きな音になる。ピアノからフォルテへ。フォルテシモへ。

——帰りたい！　帰りたい！　私の故郷！　すべてが緑の。誰も私達を食べようとは思わない。優しい処だった、あそこは。いつも暖かく、光は充分に満ちて。わきあがる望郷の想い。あそこの太陽は、いつも明るかった。いつも暖かく、地面は優しい。視界にはうすい緑のもや。少し風が吹いていた。私達は風に身をまかせる。風と一緒にそよぎ、風と一緒に歌う。この優しい大地に。この優しい国に。午睡のような毎日。とぎれることのない平和。私の故郷。

どんなにか待ち望んだことだろう。むかえが来てくれる日のことを。待って。待って。待って。なす術《すべ》もなく。

ああ。帰れるものなら。

耳をおおいたくなる。極限まであげられたピアノの音。

一転して曲想が変わる。哀調をさらにおびて。

──私の子供達。この呪われた星で生まれた子供達に。おまえ達は故郷を知らないのだね。あの緑の園を。そして、おそらく一生、知ることもないのだろう。海。故郷には、言い伝えがあった。命は河。悠久の時を流れて。親から子へ。子から孫へ。いつかたどりつく海をめざして。命は河。なのに、おまえ達はもう、海へつくことができない。どうあがいても孫の代で流れはとだえてしまう。

本流を離れてしまった支流の悲劇。水たまり。もう、先へは行けない。そこでよどんでしまう──。

余韻《よいん》を残して、メロディはおわった。信彦は、我にかえる。

どういうことだろう。今の──今の、あの曲は。そうだ。小さな時、ここで聞いたメロディ。あれは、こういう意味だったんだ。

もっと想い出してきた。あの帰り道。死にもの狂いで逃げた道。信彦は聞いたのだ。まわりの木々がうめくのを。

忘れろ。忘れろ。忘れてしまえ。今見たことを。そして、もう二度とここへ来てはいけない。忘れてしまえ。何もかも。そうすれば、おまえを家に帰してやる。

そうだ。あの時の木々の怖さが心の底までしみこんで、それであのあと、信彦は熱をだしたのだ。そして、忘れてしまった。あの少女以外のすべてのものを。そして、二度と近づかなかったのだ。この洋館へ。

今、すべてのものが、音をたてて一つのフレームの中に納まった。完全な記憶。完全な過去――。

明日香。彼女のことを想い出す。僕の記憶は間違っていない。そして、僕の考えも間違っていない。あの娘は何かにおびえている。

それが何だか判らないけれど、でも、明日香。

もう一度やってみよう。あんなあやふやな口説《くど》き方ではなく。

明日香。おまえの恐怖の対象が何であっても、僕はおまえを守ってみせる――。

☆

「嶋村の知りあいに岡田という人物がいたか、ですか？　さあ……僕は……」

大学の近くの喫茶店にて。松崎教授は、根岸に信彦のことを根ほり葉ほりたずねていた。おそらく徒労だろうが……いずれにせよ、嶋村信彦は、あの火事以来十二年、はじめて岡田家をたずねた人物だ。松崎教授と、あの緑の髪の子供達をつなぐ、初めてみつかった糸。

「あるいは名前を変えているかもしれん。岡田夢子という二十七、八の娘、拓という同年輩の男、明日香という二十二、三の娘、歩《あゆみ》というはたち前後の娘、望《のぞむ》というそれより齢下《としした》の男の子だ——あるいは、そのうちの誰か。特徴は、そろって髪が非常に長いこと、黄色人種とは思えない程白い肌だ」

「髪が長い……ですか」

根岸の脳裏に、〝みどりのいえ〟のことがうかぶ。何度か信彦と一緒に行った喫茶店。あそこのマスターもウェイトレスも、髪を腰まで伸ばしていた。あの女の子——嶋村がやけに親し気にしていた女の子——あの子は、確か、三沢明日香といったかもしれない。

「ちょっと自信はないんですが、嶋村の行きつけの喫茶店の女の子が、そんな容貌でした。名は、確か、三沢明日香……」

「三沢……三沢良介か。そうだ、三沢良介だ」

「え?」

三沢良介は、岡田善一郎と親しかった筈《はず》だ。そうだ、確か、母方の遠縁の親類か何かだ。岡田善一郎が子供達を托すとしたら、三沢はうってつけの男ではないか。外科医としての評判も高く、金はある筈だし、独身のまま不惑《ふわく》をすぎた男だから、子供や妻もいない。外科医——あるいは、三沢は、岡田善一郎の片腕だった、という可能性もある。緑色の髪の子供達などという異様なものを造る際、三沢の外科医としての腕は、役にたったかもしれない。それに、おそらくあの子供達は、体の構造故《ゆえ》に医者にかかることもできまい。その点、三沢がついていれば……。

松崎教授は、十数年ぶりに、血が騒ぐのを感じていた。ついに、つかまえたのかもしれない。あの子供達を。

しかし、判らないのは嶋村だ。何故あの男がからんでるのだろう……？

「彼女がどうしたんですか？　あるいは嶋村が」

「いや……」

松崎教授は言葉をにごす。

「何だか嶋村を見ていると、痛々しいというか、ほほえましいというか、妙な気分になってくるんです。……うまくいくといいのですが」

「うまくいく？」

「嶋村、その明日香というウェイトレスにべたぼれですよ、見たところ。あいつは、その手のことにはまるでうとい男だから……この頃、昼になるとそわそわとすぐ出てゆくでしょう」

あの子供達に恋！　そんな……莫迦な。嶋村は知っているのだろうか。おそらく彼女は、普通の人間ではないぞ。

獲物をみつけた猟犬の高揚感が、みるみるうしなわれてゆく。人間と——それも、研究する側の人間と、研究材料の恋。目もあてられない。

「……嶋村君が……帰ってきたら……何はさておき、まず私の処へ来るようにと……」

呆然《ぼうぜん》としている根岸を残して、松崎教授は、伝票をとり、ふらふらと立ちあがった。

6

十時に店を開けはしたものの。今日も客の入りはまるで芳《かんば》しくなかった。今日——嶋村さんが旅行へ行った次の日。ドアの外を目でおっても、彼がそこにいる筈《はず》はない。

「暇だね。明日香。コーヒーをいれてあげようか」

「そうね……あ」

ドアが開く。お客……嶋村さん？

「久しぶりだね」

彼は不器用な笑みをうかべると、窓際の一番奥まった席に座った。いつもの彼の席。しばらく自失していたあたしは、弾《はじ》かれたように立ちあがり、水を運ぶ。拓兄さんは、カウンターの一番奥へひっこんだ。

「嶋村さん、御旅行は？」

「急に呼びもどされたんだ。うちの大学の偉い人が僕に用だってさ。夜行で帰ってきた。今、東京へついたところだ」

「いいんですか、それじゃ、こんな処《ところ》へ来てて」

「いいさ……。帰省してたんだ。いつかの洋館の焼け跡を見てきた」

「御注文は」

無理して、何の感情もこもっていない、職業的な声をだそうとする。でも失敗。情ないくらい無残に、語尾がふるえてる。

「長いこと自信がなかった」

そんなあたしを無視して、嶋村さんは、台詞《せりふ》を続けた。

「僕があそこへまよいこんだのは七つの時だ。洋館も温室も少女も、幻だったのかも知れない、とね。……でも、あそこへ行ってみて、何もかもはっきり想い出したんだ。あれは、幻なんかじゃない」

一呼吸おいて。

「何はさておき、君の髪はこの世で一番美しいものだよ。染めるなんて、もったいない」

「染めて……なんか……」

「それならそれでいいんだ。ただ、ちょっと言ってみたくてね」

早くオーダー聞いて、奥へひっこみたかった。何。何よ、この人は。でも、体が動かない。口も動いてくれない。

「その顔色だと、僕は失望しなくていいみたいだな」

「何が……です」

「とことん君に嫌われたのかと思った。でも……君は単に怖がっているだけだね。何をそんなにおびえているんだい」

あたしの……。

「髪の毛の色が他人と違ったって、別におびえることはないいさ」

あたしが怖いのは、あたしの気持ちよ。あたしの心だわ。自分でコントロールできなくなった……。

「君が何を怖がっているとしても……僕では君を守れないかな。確かに僕はあまりたくましくはないけれど……」

この人ったら。この人ったら……。

「嶋村さん、あなた……あの……一面、菜の花が続いている景色って、ごらんになったことあります？」

あたしは何を言おうとしているんだろう。手におえなくなった自分の感情におびえる。一種妙な感動を覚えながら。もし。もし、理性が感情をおさえられなくなったら、その時は感情に従いなさい。

「山村暮鳥の詩みたいな？　いちめんのなのはな」

髪が勝手にゆれた。心の中でピアノがひびく。スフォルツァンド。

「行ってみたい？」

「ええ」

とまどいもせずに返事ができる。

「連れてってあげようか。外へ」

外へ。

あたしの運命が、今、音をたててながれだしたような気がした。

連れてってあげようか。外へ。

——連れていって。お願い。

連れていって。お願い——。

7

「落ち着いて聞いて欲しいんだ……。いいかい、落ち着いて……」

どういうことだろう。松崎教授は、いつになくおどおどしていた。彼の方が余程《よほど》落ち着いていない。

教授との約束の為《ため》、明日香との会話を打ちきり大学へやってきた信彦を待っていたのは、この妙な教授の態度。

何が何でも二人だけで話がしたい。松崎教授はこう言うと、信彦を自分の家へつれてきた。喫茶店も駄目《だめ》だ。まわりに人がいる。異様な神経の使い方。

「今から十二年程前の話だ。……嶋村君、君は岡田教授——岡田善一郎を知っているかね」

岡田善一郎。昔信彦の大学にいた教授の名前。そして、あの洋館の持ち主。どういうことだろう。信彦は、神経をはりつめた。

「昔、この大学にいらした方だ。主に葉緑体の構造を調べていらっしゃった。私は彼の生徒だったんだ。自分で言うのも変なものだが、愛弟子《まなでし》のつもりだった。その岡田先生が、二十数年前、急に行方《ゆくえ》不明になった。まだ五十前だった。……自発的に姿をくらましたらしい。行方不明になって数日後に、退職届を送ってきた。その何日か後、私の処《ところ》へ電話をしてきたんだ。非常に興奮していた。人間がもし光合成ができたなら、食糧問題で悩むことも、他の生物を殺して喰うこともないだろうに、なんて口走って。その後、彼の消息は杳《よう》として知れなくなった……」

昔を想い出すかのように、目を細める。

「十二年前、私は変な処で先生をみかけた。田舎《いなか》町の本屋でだ。髪はすっかり白くなっていて、ずいぶんおだやかな顔つきになっていたが、確かに岡田先生だった。なんだか人目を忍ぶような様子で……私は声をかけそびれてしまったんだ。そして……なつかしかったし、先生が突然大学をおやめになったのが不満だったし……私は、先生を尾《つ》けたんだ。先生は、誰かに尾けられているなんて思いもしなかったらしいし、だいぶ耳も遠くなっていたようなので、無事、先生の家まで尾けてゆくことができた。ひどい山の中にあったよ。電車をいくつも乗りついで、まるで迷路のような木立ちの間を抜けて。……先生の家は、君の田舎の……君が昨日たずねていった洋館だった」

背筋が少し寒かった。松崎先生は何を言う気だろう。信彦は、黙ってコーヒーを一口飲んだ。

「しばらくまよったんだが、結局私はドア・チャイムをおした。先生はひどく驚かれて――非常に怒っているようだった。しかし、もう夜も更《ふ》けかけていたし、下の村までの道がまるで迷路なので、仕方なしに私をとめてくれたんだ。なんだか、伝説のドラキュラ城にでもはいりこんだような気がしたよ。先生は、食事の後、私に部屋を一つあてがってくれ、そして……外からドアに鍵をかけたんだ。私はどうにも好奇心を刺激されてしまい――その洋館には先生以外に誰かが住んでいる、という気がしてしかたなくてね。窓からこっそり外へ出た。南向きの部屋の一つに、まだ灯りがついていた。大きなフランス窓があって、中からカーテンが閉めてあったが、すき間からのぞくことができた。中にいたのは――信じられないものだった」

松崎教授は、軽く目を閉じた。あの光景。十二年前の。今でもありありと思いうかべることができる――。

☆

子供が数人いた。十五、六歳の女の子と男の子、十《とお》くらいの女の子と八つくらいの女の子、そして、ゆりかご。ゆりかごの中には男の子がいるらしい。十五、六歳の女の子が夢子、男の子が拓、十くらいの女の子が明日香、八つくらいの女の子が歩《あゆみ》、ゆりかごの中の子が望《のぞむ》というらしいことが、会話の切れ切れから判《わか》った。

連中は一様にやせぎすで、肌がまっ白で、髪を腰までたらしていて――そして、その髪は、雨にぬれた針葉樹のような、鮮《あざ》やかな深緑だった。あまつさえ、連中は、自分の意志で髪を動かしているようだった。

鳥肌がたった。まわりは深い森、迷路のような道の奥の洋館、フランス窓、淡い黄色のカーテン、若草色のじゅうたん、灯りの中で集《つど》っているのは緑の髪の子供達。

歩という娘《こ》がしゃべっていた。駄々《だだ》をこねているようだった。

「どうしてこの部屋から出ちゃいけないの。ねえ」

おそらく最年長者の夢子が、それをたしなめる。

「今日はお客さんが来ているからよ。普通の人にあたし達を見られちゃまずいんですって。今日一日だけのことよ、ここにいなくちゃいけないのは」

拓は興奮していた。彼は、岡田善一郎と松崎が食事していたところを、ドアをそっとあけてのぞいていたようだった。

「ねえ、どうして黒い髪の人間がいるんだろう……。あの人、変だよ。髪は黒いし、おじいちゃまより沢山《たくさん》、ものを食べてた」

「山の下には、黒髪の人間が沢山いるみたいよ」

明日香が、得意気に話していた。

「あたし、小さい頃、見たことあるもん。黒い髪の男の子」

「でも」

歩が小声で異議を申したてる。

「髪が黒かったら、どうやって栄養作るの。その、こう……こうせいが……」

「光合成」

夢子が直す。

「こうごうせいができないんでしょ」

「だからあの人は、おじいちゃまより物を食べたんだ」

拓が、やっと判ったという風に言う。

「齢《とし》をとると、髪が白くなるんでしょ。じゃ、黒髪の人はどうしてできるの。もっと齢をとると、白髪《しらが》は今度は黒くなるの？」

「さあ……でも、あの人、若かったよ、おじいちゃまより」

「みどりの髪の人と黒い髪の人が世の中にはいるのよ。黒い髪の人が齢をとると白髪になるの」

夢子が一番物知りだった。

「じゃあ、おじいちゃまも昔、黒い髪だったの？　でも、そんなのって、不便じゃない？　いちいち食事をしなくちゃいけないもの」

「そう、不便ね……」

急に小さなピアノの音がした。ピアノの音――ゆりかごの中の子供の泣き声。

「あらあら望くん。男の子でしょ、なかないの」

夢子がゆりかごをゆする。ゆりかごの位置がずれて、松崎は中のものを見ることができた……！

白い体。目しかない顔。太い緑の髪。足は――根のような形。手はない。どこにあるのだろう、発声器官は。……髪だ。髪がゆれて、さながらピアノの調べのような音をたてる。そのゆりかごの中のものは、子供達より更にグロテスクで、はるかに植物に近かった。

めまい。どういうことだ。この子供達は。

せいたいじっけん。しょくぶつにんげん。ひらがなが、心の中にうかんだ。それを意味のある単語として理解するには、時間がかかった。

生体実験。岡田先生は——どこからかつれてきた子供の体を造りかえたのだろうか。

もしも人間が光合成をすることができたなら。もしも。もしも。崩れそうになる。もしも人間が……岡田先生の夢。何も食べずに生きてゆける。本質的な意味での生産者。

☆

「私は、先生が造りあげたものには一言も触れずに、その家を去った。そのあと一週間、悩んだ。先生のしたことは……許せることではない。どんなにそれが……すばらしいことであったとしても……人間の……それも、子供達をあんな……あんな化け物に変えるなんて。一週間悩んで決意した。どうしても私は、先生を許すことができなかった。それに……正直に言うと、知りたくもあったのだ。人間が光合成をする。こんな素晴らしい太陽エネルギーの利用法があるだろうか。それができるなら食糧危機をのりきることだって何だって……。どうしても知りたかった。あの子供達の体の構造を。私は、研究室の若者を数人連れて、あの洋館を再びおとずれた。……判らない。生体実験をした先生を、人間として許せなかったのか、あるいは学者として、その子供達の秘密を知りたかったのか。しかし……私は、どちらもできなかった。先生をなじることも、子供達を手に入れることも。洋館は燃えていた。あきらかに放火だった。おそらく先生は、私があの子供達を見たことに気づいたんだろう。先生みずから、あたり一面にガソリンをまき、火をつけて……炎の中に、先生の罪と先生自身を消してしまったんだ。どんなに落胆したことだろう。私は、先生がなくなったことに落胆したんだろうか。それとも、あの子供達を手に入れられなかったことに落胆したんだろうか。それすら判らなかった……。ところが。焼け跡の始末をしている時に気がついたんだ。死体の数がたりない。あんまりひどく焼けすぎていて、誰が誰だか区別がつかなかったが、人間と思われる死体は二つしかなかった。誰かが逃げたんだ。夢子か拓か明日香か歩かのうち三人が。望はおそらく死んだんだろう。彼に関する限り、他の植物と区別をつけることは不可能だった……。判るかね、その時の私の気持ちが。あの緑の髪の子供達をたぐる糸が一本だけ、残っていたんだ……。私は、あの洋館のそばに見張り役をおいた。子供達の誰かが、あるいは子供達の知人の誰かが、あそこへ立ち寄ることを願って。……十二年たち、あの焼け跡をおとずれた最初の人物——私と子供達を結ぶたった一本の糸が、嶋村君、君だった」

何も声を発することができなかった。コーヒーカップを持つ手がふるえた。信彦は、やっとの思いでカップを机の上におき——実際、ふるえる手をあやつるには、それくらいの努力が必要だった——煙草《たばこ》をとりだした。何か手を動かしていたかった。爆発寸前の感情をおさえる為にも。

「それで……どうする気なんです。彼女を」

「判らない。どう扱っていいのか、判らない。ただ、これだけは確かだ。私は、彼女達を調べたい。どうしても」

「そんな……だって……生体実験された方に何の罪があるんです。罪があるとしたら、それは岡田善一郎の方だ。何だってまた、明日香を調べなければ……」

言いかけてやめる。何だってまた明日香を——答は、嫌《いや》という程、よく判っていた。

「嶋村君。君は何か誤解していないかね。私は、彼女を解剖したいなどと言っているわけではない。単に彼女の体の構造を知りたいだけだ。彼女の髪を」

「それはそうでしょうけれど……でも……」

明日香はおびえていた。何でだか、とっても。単なる調査だけでも――たとえ、髪を少し切り、レントゲンをとり、血を少量とり……それだけだって、彼女のおびえきった神経を刺激するには充分すぎる。そして。そして、僕は彼女を守ってやると約束したのだ……。

「無論、彼女が人間だということはよく判っている。人間を扱うように扱うさ」

「しかし……そうです。彼女は人間なんだ。珍しい植物を採集するのとはわけが違うんですよ！」

「判っている！　しかしね……仮に、非常に珍しい病気の人がいたとしたら……医者達は、治療と共に、その人の病気自体を調べるだろう。それは、決して、人道にもとることじゃない。当然のことだ。私は、彼女の体を、医学的に調べたい」

「彼女が拒否したら……」

「何でだね。私は、彼女に危害を加えると言っているわけじゃない。何で彼女が拒否するんだ」

何で。理由はない。しかし、彼女はそれを嫌がるだろう。信彦は、直感的にそう思った。そしてまた。松崎教授は、ＮＯといわれてそのまま引きさがりはしないだろう、とも。

「……嶋村君。君は、彼女じゃない。単に彼女と知りあいだというだけだ。私は、直接明日香嬢に頼んでみるよ」

「……しかし……」

しかし、僕は、明日香を守ってやると言ったのだ。

「君には関係のないことだ。君が彼女の知人だから、私は君にこの話をしただけだ。君には関係ない！　これは彼女の問題だ。そうだろう？」

信彦は何も言えなかった。確かに、僕には関係ない……。

☆

翌日は、雨だった。

信彦は、部屋から一歩も出なかった。昨夜、明け方まで、一人で酒を飲んで。ウイスキー、ストレート。何年ぶりだろう、あんな無茶な飲み方をしたのは。

いつ寝たのかよく判らない。明け方、無性《むしよう》にのどがかわいて、目が醒《さ》めた。冷たい、誰もいない学校の中を駆けまわっている夢をみた。四階に家庭科室があり、冷蔵庫の中にオレンジ・ジュースがある。そう思って、階段をかけのぼり、何階かのおどり場の窓から、まっさかさまに下へ落ちた。落ちて、落ちて、目が醒めた。

職を変えよう。本気でそう思った。

明日香の髪。光合成のできる、緑の髪。その髪を調べている自分の姿を想像するのが嫌だった。間違いなく彼女は、髪の中に色素体を持っている。

葉緑体——グロテスクな長円形の模式図が頭の中に浮かんだ。外膜——グラナ——ストロマ。ついで、ラメラ系の微細構造。おりたたまれたひだ。チラコイド。

葉緑体及びミトコンドリアは、それ自身がＤＮＡを持っている。このＤＮＡの塩基配列は、核のそれとは違う。また、細菌型のリボゾームも認められ、分裂によって増える。以上のことは、ミトコンドリア及び葉緑体の起源について、ある可能性を示す。かつて、ミトコンドリアと葉緑体は、細胞本体とは別個の生物であり、いつの時点でかそれが細胞中にはいりこみ、共生するようになったのかも知れない。——何でこんなことを想い出したんだろう。そうだ。葉緑体と明日香とが別個の生き物であり、単に葉緑体が明日香にとりついているだけならいいのに。こう思ったから……。

苛々《いらいら》とコーヒーをいれ、苛々とラジオのスイッチをいれた。意味のないおしゃべり。単調なニュース。耳に障《さわ》るヴァイオリン。ああ、まったく、どいつもこいつも……。

と、ドアに激しいノックの音。

「嶋村さん。いるんでしょ」

きつい女の声。誰だろう……。

ドアを開けると、初対面の女性が立っていた。背は高い。高いうえにハイヒールをはいて。髪は肩の処で切りそろえられていた。何故《なぜ》だか、その切り口が痛々しい。長い指でその髪をかきあげる。まっ白な指。明日香のような。目には、かくしようのない怒りの色があった。

「どうしてもあなたに言ってやりたいことがあって。あなたを許せない」

「どなた……です」

信彦は、彼女の迫力に気圧された。

「三沢——岡田夢子よ。明日香の姉がわり」

夢子。この女性が。だとしたら。

「髪は……」

「切ったの。あの髪では、逃げる時に目立ちすぎる」

「逃げ……る？」

「ろくに目が醒めてないような声ね。……あたしが髪を切ってて、よかったわよ。あれだけの長さがあったら、今頃あなたの首をしめてる」

「あの……明日香が……彼女がどうかしたんですか」

胸さわぎがした。

「白々《しらじら》しい。よく明日香だなんて親し気《げ》に言えたわね。猟犬のくせに。明日香なら、今日、連れてゆかれたわよ」

「連れてゆかれた……」

「あなたの大学の松崎教授とかいう人にね」

「そんな……だって、先生は……別にあなた方に危害を加える気は……それに、あくまで彼女の人権を尊重して……彼女に協力を請《こ》うと……」

「ええええ、実に素敵な協力の請い方でしたわよ。嫌がる明日香を暴力的にひきたててね。これからあの子を切りきざんで、プレパラート標本でもお作りになるんでしょう」

「そんな……落ちついて、夢子さん。確かに先生は興奮してらしたから、あまりいい協力の請い方はしなかったかもしれない。けれど、人間相手に……」

「明日香は……あたし達は、人間じゃないわ。そんなこと、すぐに判ってしまう。そうしたら……」

人間じゃない？　確かに、光合成のできる人間は、普通の人間とは呼びがたいだろう。しかし。でも。いくらなんでも。彼女は人間だ。変わっていようがどうしようが、人間だ。

「あたし、明日香にこう言ったのよ。もし、感情が理性でおさえつけられなくなったら、感情に従いなさいってね。救いようのない莫迦《ばか》でしょう。あの娘《こ》は感情に従って……みすみす、猟犬の口の前へ出ていっちゃったのよ！」

「僕は猟犬なんかじゃない。彼女を狩る気なんて……」

心の中で、いろいろな思考の断片がうずをまいていた。僕は明日香を守ってみせる。彼女がおびえている対象が、たとえ何であっても。

何をしているんだか、自分でもよく判らなかった。いつのまにか、靴をはいていた。

「どこへ行く気よ」

「研究室。もし、明日香が——三沢さんが、自分の意志に反して連れてゆかれたんなら、力ずくでも彼女をあそこから連れだす」

「そう……良かった」

「え？」

「あなたがそう言わなければ、あたし、あなたに何をしていたか判らないわ」

夢子の髪が、風に逆らって動いた。伸びる。二十センチばかり。みるみるうちに、彼女の髪は、信彦の上腕部にからみついた。

「あたしと拓は、自分達を逃がすことに精一杯で、あの娘《こ》を守ってやることができなかった。いい？　あの娘は、一番弱いのよ。あたし達の中で。陽《ひ》のよくあたる処へ行きなさい。雨が降ったら、あの娘はろくに動けなくなるんだから。どんなに目立つ特徴であっても、あの娘の髪を切っちゃいけない。あの娘は、あれだけの長さの髪を必要とするのよ。消化器系がどうしようもなく弱い。口から食べ物をまるでうけつけないんだから」

そんな大げさな逃避行を考えなくても。そう言いかけた信彦は、口をつぐむ。夢子の目が、真剣そのものだったから。

「惚《ほ》れた女一人守れなくて、それで男がつとまるかって、昔、あたしのパパがママに言ったそうよ。ママ一人逃がすのが精一杯だった。パパはそれで燃えたの。船と一緒に」

髪が、静かにたれさがる。夢子は、信彦の顔から視線を外した。

8

痛い。軽い失神状態にあったあたしは、無我夢中《むがむちゆう》で身をおこした。

頭の中が混沌《こんとん》としていた。今日、朝一番に、お客が来た。とても沢山《たくさん》の男性。そのうちの一人――五十前後の男をみて、拓兄さんが悲鳴をあげた。それから先は、まるで夢のよう――すべてが、幻想の中のできごとみたいだった。

おまえはあの時の男。拓兄さんは、そう言った。あの時の――アノトキノ。

乳白色の、にごった膜が降りてくる。あたしは現実と夢の区別がつかなくなっていた。

あの時、あたしはまだ十《とお》だった。この人が――五十前後の、あの時四十前だった男が、おじいちゃまの家へ来たのだ。その人が帰ってから二日間、おじいちゃまは変だった。そわそわして。下へ何度も買い物に出かけた。重たそうなものを沢山持ってきた。

「おじいちゃま、何なの、それ」

いつものようにあたしがひざにのって、顔のしわを指でたどっても、にこりともしなかった。重たい声でこう言うの。

「ガソリンだよ、明日香」

「ガソリン……？」

そして夜は更《ふ》ける。悪夢の晩。

あたりはみんな優しい色彩だった。あたしはその日、妙な胸さわぎがして、眠れなかった。夜、一人で家の中を歩いた。無音の世界。

と。突然、あたりが紅《くれない》に染まる。ピアノの音。たたきつけるような。あれは——悲鳴だ。

炎が迫ってきた。急に。あたり全部から。嫌《いや》なにおいがした。昼間、おじいちゃまが買ってきた、ガソリンによく似た、不吉なにおい。

あたしは黙ってあたりを見まわす。怖いのだ。逃げたいのだ。でも、体が動かない。足が妙に重かった。

ピアノは狂ったように鳴り続ける。ママ。あたしは呟《つぶや》いた。あれはママだ。ママが燃えている。

急に誰かが肩をつかんだ。ふり返る。そこには、白髪の老人が立っていた。あたしは、深い安堵《あんど》を覚える。火勢がどんなに強くても大丈夫。この人がきっと、あたしを助けてくれるだろう。

熱いの。火が来るの。逃げたいの。

確かにあたしはこう言った。少し泣きじゃくって。とたんに、老人の顔が変わってゆく。目が異様に輝き、総毛立《そうけだ》ち、さながら悪鬼《あっき》のように。

おまえは外へ出てはいけない。おまえはここで燃えてしまわなければ。

老人の背が、急に高くなったような気がした。嫌だ。この人は、あたしの知ってる誰かじゃない。あたしが頼れると思った誰かじゃない。この人は、まがうかたなき悪意を、あたしに対して抱いている。

老人の力は強かった。あたしが死にもの狂いであがいても、その手を離してくれない程。肩が痛い。

歩も望も、もう燃えてしまったよ。

歩。望。交錯《こうさく》する記憶の中で想い出す。そうだ。あの家には、もう二人子供がいたんだ。二つ違いの歩ちゃん。まだとてもちいちゃかった望くん。

あとは、おまえと拓と夢子だけだ。おまえ達がみんな滅んだのを見届けたなら、私も一緒に燃えてしまおう。おまえは私の作品。作ってはいけない作品だった。何故《なぜ》なら、おまえは異生物だからだ。おまえの髪は緑だからだ。その髪がある限り、おまえは一生狩られ続けなければならない。その髪がある限り、おまえは地球上の植物すべてに対する病原体なのだ。

ピアノは、一転して悲しいメロディになる。あたしは外へ出てはいけない。納得しかけていた。何故なら、あたしは病原体だから。

ピアノは訴え続ける。命の河を、流れて。いつかたどりつく海へ。いつか必ず、迎えが来る。いつか必ず、故郷へ帰れる。私の代では無理でも、子供の代で。孫の代で。いつか必ず海へ注ぐ本流に合流できる。

外へ行かなければ。心の片隅が、ピアノに共鳴してうずいた。今、ここで燃えてしまったら。永遠に海へたどりつくことはできない。しかし。心全体では判《わか》っていたのだ。たとえ今逃げたとて、永遠に海へつく日のないことを。だから。あたしは黙って、まわりが燃えてゆくのを見ていた。

ここは子供部屋だわ。その頃ようやく、あたしは気づく。足の下には若草色のカーペット。大きなフランス窓。燃えてゆくカーテン。窓ごしに温室が見える。温室の中は紅《くれない》。ママが燃える……あれは、ピアノの音じゃない。ママの声だ。ママの……。

ママが叫んだ。断末魔《だんまつま》。その叫び。

帰りたい！　帰りたい！　私の故郷！

炎はカーテンを伝わり、窓際のベッドに移る。熱い舌が、あたしの腕をかすめる。いやあ！　あたしも絶叫していた。燃えるのは嫌。ママはもういない。だからあたしが——あたしが帰るんだ。ママのかわりに。ママの故郷へ。

精一杯、もがく。老人の力は強い。と。あたしの髪が、するすると伸びた。本能的な自己防衛。

あたし、燃えない。あたし、外へ行く。あたし。

深緑の髪は細いひものようになって、老人の首にまきついた。老人の首をしめる。肩がいたかった。老人は、信じられないような力で、あたしの肩をつかんでいた。

Silent.　無音の格闘。やがて、老人の手から力が抜ける。

「行きなさい」

老人は、急にもとの顔へ戻ってゆく。優しい目、白い髪、白いひげ。あたしは、彼の顔にきざまれたしわを指でたどるのが大好きだった——おじいちゃま！

「そんなに行きたいのなら……。世田谷の三沢という男のところへ……。おまえのことは、あとは彼がひきうけてくれるだろう」

「おじいちゃま」

崩れおちる老人に、あたしはしがみつく。崩れおちる——この人を殺したのは、あたしだ。そのあたしの体を、老人は軽くおす。

「早く行きなさい。火の手が迫ってくる……。拓も夢子も始末しそこなった。あの二人と一緒に……」

おじいちゃま！

舞台は一変する。

闇だった。あたしは、誰かにせおわれていた。感じで、それが拓兄さんだと判った。

ピアノの音が聞こえるような気がした。気のせい。ママはもういない。

早くしないと夜があける。夜があけたら、僕達の姿は目立ちすぎるだろう。お兄ちゃんが言う。夢ちゃんもそばにいる。

甘美なメロディ。もう、ママの歌――グリーン・レクイエムは聞こえない。ああ、ショパンだ。あたしは、指を動かしてみる。あたしの指は、一オクターブしか届かない。せめてもう一音。せめてもう少し指がひらけば。

記憶が入り乱れている。あたしが初めてピアノに触れたのは、三沢の家へ来てからだ。Nocturnes, Op.9, No.1, Larghetto　最初はピアノで。優しくせつないひびき。スフォルツァンド……ピアノ。あん、左手。どうしてうまく動かないの。

違う。何だろう。もっと重要なことがあったのに。

病原体。

この単語が、心を逆なでした。病原体。どういうことだろう。あたしが、誰に、どんな病気をうつすというの。

ノクターンは段々大きくなる。クレッシェンドにつぐクレッシェンド。耳をおおいたくなる。

——おまえは、病原体。

白い膜が消えてゆく。視界が、はっきりとした。

ここはどこ……？　何だろう、あの器具達。冷たい、悪意。この人達は誰……？この人は、あの時の人。この人は、嶋村さんと一緒によく店に来た人。確か根岸といった。

想い出してしまった。想い出したくない記憶。何であたしはおじいちゃまのことをすべて記憶の中からおいだしたのか。あたしが、おじいちゃまを殺してしまったからだ。

「何……するの」

弱々しくあがく。根岸とかいう人が、あたしの髪を切ろうとしていた。

「三沢さん。私達はあなたに害を与える気はまるでない。ただ、協力していただければ……」

松崎という男が、何だかんだと言う。あたしは、その言葉をろくに聞いていなかった。

おまえは外へ出てはいけない。おまえは病原体。

何だろう。この言葉の意味が判らない。おじいちゃまがこう言った時、悲しくはあったけれど、あたしはそれを納得したのだ。病原体。記憶を完全にとりもどしたわけじゃない。何かが、抜けている。何か、まだあたしは忘れている。

あなたは昔、岡田教授に少しばかり体の構造を変えられた。光合成のできる髪は人類の財産だ。あなたの体の構造を知りたいだけだ。悪意はない。先程は失礼した。意味のない文章の羅列。

「髪を……切らないで」

「勿論《もちろん》、そんなに沢山切ったりはしませんよ。ほんの少しだけ。あと、あなたの細胞を少し……」

悪意のかたまりだわ、この人達は。そうでなくてどうしてこんなにひどいことができるの。あたしの髪には、神経がかよっているのよ。

ああ。きっと、外は雨。どうしよう。何だって、太陽が出ていないの。

「……教授」

先程から、部屋のあちら側で何かをしていた男が松崎とかいう人を手招きした。

「……見てください……。こんな……。彼女の体細胞の……。判りますか。異常すぎる……。いくら生体実験で葉緑体を……細胞の構成そのものが、まるで違う……」

あたしは、とにかく立ちあがる。根岸をつきとばした。何だろう、もの凄《すご》く、嫌な予感。不安をかきたてる、ぼそぼそ声。

「逃がすな！　つかまえろ！」

あたしが逃げだしたのを見て、宮本とかいう人が一転してすごい叫びをあげた。台詞《せりふ》にエコーがかかって聞こえる。つかまえろ……つかまえろ。これが悪意のない人達の言う台詞なわけ。

「そいつは……化け物だ」

腕が伸びてくる。無数の。追手の。あたしは、全神経を髪に集中する。これはあたしの腕なんだから。

髪は伸び、四方に広がった。それ自身が意志を持つものであるかのように、追手の腕をとらえ、ねじあげ、首にからみつく。

「宮本君！　三沢嬢を刺激するな。もっとおだやかに」

「教授！　判らないんですか。こいつは人間じゃない。こいつの――このモンスターの細胞を、あなたは見たでしょう！」

「宮本君！」

「何もないんだ！　核も、ゴルジ体も、小胞体も！　どうしてこの化け物は生きているんだ！」

9

その声は、廊下を走ってくる信彦の耳にも聞こえた。何を言っているんだ、宮本は。核も何もない？　そんな人間なんて、存在するものか。

「明日香！」

ドアが凄いいきおいで開く。とびだしてくる明日香。四方に広がる髪、伸びる。伸びる。そして、おいかけてくるのは。

「宮本！　よせ！」

宮本は手に大きなシャベルを持っていた。植物採集用の。充分凶器になり得る。夢子の台詞《せりふ》が心をよぎる。これは、本格的な逃避行を考えなければならないかも知れない。惚《ほ》れた女一人守れなくて、男がつとまるか。

明日香の髪が宮本の腕にからみつく。宮本は力の限りその髪をつかみ、スコップをうちつける。明日香の悲鳴。この野郎！　信彦は、明日香を背にかばい、宮本を張りたおした。

「嶋村！　だまされているんじゃない。そいつは、人間じゃないぞ」

「それが何だっていうんだ」

精神の異様な高揚感。それが何だっていうんだ。この娘《こ》は俺の……。

背が熱かった。明日香は、異様な熱を放出していた。すべての髪がばらばらにうねる。髪のうねりと共に聞こえてくるのは、ピアノの——ピアノの音によく似た、明日香の髪の調べ。

「メデューサ……」

宮本は、松崎教授は、根岸は、そしてすべての追手は、一瞬本物のメデューサを見たかのように凍りついた。極限まであげられたボリューム。狂おしいピアノの悲鳴。

明日香だけじゃない。今や、そばにあったすべての植物が、明日香の髪に同調していた。観葉植物の鉢《はち》。標本用に採集してきたシダ。それらがすべて、あらん限りの精神エネルギーを放出して、追手達をひきとめていた。

「おいで」

信彦は明日香の手をとる。

「連れていってあげる。季節外れだけれど、菜の花をおいかけて」

☆

「……で、結局」

その日の午後二時。松崎教授は、根岸のいれてくれたインスタント・コーヒーを、実にまずそうに飲んだ。

「結局、嶋村君と三沢明日香の行方《ゆくえ》は判《わか》らないのか」

「はあ……」

宮本は、ひどく恐縮していた。彼のふりあげたシャベル。あれが、嶋村をして、予定外の行動へ駆りたててしまったのだろう。

「地下鉄に逃げこまれると……あいつは、一応人間の形態をしていますから、そう無理してつかまえるわけにもいかず……」

「結局、新宿の雑踏で見失ったということか」

夢子と拓の手がかりもない。三沢良介をしぼったところで、おいつめられた連中の行く先までは判るまい。

「一応、岡田家の焼け跡の町田さんと、嶋村の田舎《いなか》には連絡しておきましたが……」

彼だって莫迦《ばか》じゃない。それくらいは予想するだろう。

「それより宮本君。君のあの時の台詞なんだが……明日香嬢の細胞をもう一度見てみたい」

「ちょっと待っててください」

宮本の目が急に輝きをおびる。

「彼女の口腔《こうくう》内細胞を少しと、髪を数本採取してあるんです。すぐに標本と分析結果の図を作ります……。先生、あいつは——あの化け物は、今世紀最大の発見ですよ」

今世紀最大の発見、か。

「それからあの……三沢明日香が逃亡した時に妙な動きをみせた植物達は?」

「根岸が調べています」

宮本は、今度は気味の悪そうな声をだした。廊下においた鉢うえの観葉植物。どうみても、あの植物は、意志を持って明日香の逃亡を助けたようだった。そんな気がしてならなかった。

☆

信彦も明日香も、まるで子供の頃にかえったような気がしていた。鈍行の列車。向かいあった座席。少しずつ、少しずつ遠くなる東京。うしろへ走ってゆく電信柱。入場券だけで乗ってしまった。着いたら精算しなければ。着いたら——どこへ。二人共、まだ、目的地を決めていなかった。

「どこがいい、明日香、どこへ行きたい」

「判らないわ……あたし、どこにも行ったことがないから。どこへでも、行ってみたいのよ」

西へ向かって走るにつれ、徐々に雲が切れてきた。すき間から陽《ひ》の光がのぞく。

「よし。このままずっと電車に乗って、晴れた処《ところ》で降りよう。どう？」

「素敵」

明日香の髪が、軽く、信彦のほおをなぜた。

明日香は、人間じゃない。信彦は、今やそれを確信していた。宮本から逃げた時の明日香の髪。どう見たってあれは……。でも。そんなことは、どうだっていいのだ。何がどうであろうと、明日香は間違いなく明日香なのだし、それで充分だった。

今、信彦が考えているのは、これからのこと。キャッシュカードを定期入れにいれておいてよかった。しかし、貯金もそうは続くまい。

これは本物の逃避行なのだ。シャベルを持っておいかけてきた時の宮本の表情。あれは、人間を見ている表情ではなかった。貴重な研究材料を失うまいとする科学者の表情。あそこへ戻ったら、明日香はもう、三沢明日香という一人の女性ではなくなってしまう。人間の形をしたモルモットになってしまうのだ。

「ね、嶋村さん、見て」

明日香がはしゃいだ声をあげる。

「晴れたわ……」

窓の外には、田が続いていた。向こうに山。木々。処々に電柱。雲はもうたいしてなく、ふりそそぐ陽の光。あっさりとした、静かな光だ。

「降りよう」

何の用意もいらなかった。身一つのまま、立ちあがる。電車は、プラットホームにすべりこんだ。

☆

短い草がはえていた。あぜ道を少し歩く。やがて、田は草原に変わり、あぜ道はしめった砂利《じゃり》道に変わった。

「ねえ、あっちにもう一本、道があるの」

草原の中に、確かに道とおぼしきものがあった。そこだけ草がはえていない。

「何かしら。砂利道と平行してる」

「いってみる？」

「うん！」

それから明日香、信彦を見て。

「何で笑うの」

「ん？　ちっちゃな女の子を連れている気分になった」

明日香は、ちょっと拗《す》ねたふりをして、そっぽを向く。軽く信彦の腕を指ではじいて。

「ははん。これ、線路だよ」

草をかきわけ――多分、靴は泥だらけだ――、その道まで来て、信彦が言う。

「線路お？」

「もと線路。廃線になったんだな。ほら、これがレールはがした跡」

靴先でたどる。

「あ、本当。これ、枕木ね」

遠くで鳥がなく。すずめかな。

「ひばりじゃなくて残念でした」

いちめんのなのはな。ひばりのおしゃべり。

「いいわ。すずめもわりと好き」

「好きってどういうの。焼いて食べるのかな」

「あん。何て発想」

「うまいらしいよ。俺、まだ喰ったことないけど」

いつの間にか、人称代名詞が、僕から俺になっていた。何年ぶりだろう。

「どうしてすずめ食べようだなんて思うの。あんなに可愛《かわい》いのに」

「可愛いものを食べないでいると、人間はつとまらないの。……前にね、海で、漁師が魚取ってるところ、見たんだ。茅ヶ崎《ちさき》だったかな。こんなこと言っちゃ悪いんだけど、俺、感動したよ。あんな東京の近くでも魚取れるのかなんて思って。ま、それでさ。網引くわけ。漁師がね。と、上空から——何だろうね、鳥がすっと降りてきて。実に上手に魚くわえてっちゃうんだよ。結構高い処からすうって来て……」

「そう、そんな感じ。さすがに生きてゆく為の必須《ひっす》行為は上手なもんだ」

「魚さん、ぱく」

「あたし、海って見たことないの、実物は」

「よーし、見に行こ。どれがいい？　太平洋、日本海、瀬戸内海。オホーツク海って手もあるな」

「全部いい！」

「よくばりめ」

軽く明日香の髪に手をのせる。髪がゆれた。

「あ！　川だわ、川」

明日香が叫ぶ。川ね、川、確かに。はば五十センチ位の。どっちかというと、ドブって言った方がいいような。

「ね、ね、ね、嶋村さん、ね、あれ」

「え？」

「かえるがいるわ！　……実物見るの、初めて」

「お、あっち。ざりがにだぜ」

とか何とか言いながら、俺も結構のってたりして。齢《よわい》二十五の男が。ざりがにだぜときたもんだ。目一杯平和。

「わお、ざりがにさん、動いている！」

「おい、生きてんだぜ。動かいでか」

明日香は、はしゃいで、しめった草にひざをつき、川をのぞきこむ。あーあ、スカートが。

「ね、取ろうって気、おこらない？」

「取って欲しいの、お嬢さん」

「はい！」

「おーし。待ってな」

靴ぬいで、靴下ぬいで、ズボンまくって。俺、いくつだよ。人目ないからいいけど。

二人共、精一杯はしゃいでいた。つかのまの平和。つかのまの。しばし、何もかも忘れて。今が平和なら。

☆

「これが、三沢明日香の細胞の顕微鏡写真です。一万二千五百倍」

夜。松崎教授以下のメンバーは、大学の教室を借り、ディスカッションしていた。宮本が説明をする。暗幕をおろして。スライドに見いる。

「何……」

「ごらんのとおり。通常の細胞構成物質——ミトコンドリアとか小胞体、ゴルジ体等の存在は見うけられません。あるいは、普通とは違う形で存在しているのかも知れませんが。……あ、これは彼女の口腔内粘膜の細胞です」

しばらく沈黙。

「次は、構成物質の成分比の表です。……あらかじめ言っておきますが、驚かないでください。まさか、こんな結果がでるとは……」

誰かが勿体《もったい》ぶるな、とわめく。みんな、非常に興奮していた。殺気だってすらいるような雰囲気《ふんいき》。宮本は、一呼吸おくと、続けた。

「参考までに、右表は普通の人間のものです。いいですか……。まず、成分比において、タンパク質と脂質の量がはっきり目立つ程普通の人類とは違いますが……何といっても、最も異様なのは、これ……。ある種の塩基が欠如しているのです。中でも特に、四種の——シトシン、グアニン、チミン、アデニン……。判りますか、シトシン、グアニン、チミン、アデニンです！　そのかわり、彼女の細胞中には、不明の物質が……」

「不明とはしか言いようがないのです！　データがあまりにも足りない」

ざわめきが静まるのを待つ。

「この四種の塩基がないということは……ポリヌクレオチド鎖が形成不可能ということです。故《ゆえ》に彼女は――少なくとも、普通のＤＮＡは形成できない」

ＤＮＡ――deoxyribonucleic acid――デオキシリボ核酸。遺伝子の基礎。それがないということは……。

「あり得ない！」

「それがあるんです！　このような生命体の存在は、現在の生物学の基礎を否定する材料になりますが……現時点で確認された個体数一、推定個体数三です。いくら何でも少なすぎる。ということはつまり」

自分の次の台詞の効果をあげる為に、しばらく黙る。

「ということはつまり、彼女は地球における生命の系統樹を外れた生き物――地球で発生したのではない生き物である、というのが、私の推定です」

逆だった。松崎教授は唇をかむ。

昔、初めてあの子達を見た時。私は、彼らが岡田先生によって、生体組織を造り変えられたのだと思っていた。ついで、最初に宮本の台詞を聞いた時。岡田先生は、単に組織を変えたのみならず、細胞にまで手を加えたのかと思った。

連中が、もとは普通の人間だと思えばこそ。仮定が間違っていたのだ。連中は、もとは普通の人間とは似ても似つかぬ何かだったのだ。岡田先生は、人間をそうでないものに変えたのではない。そうでないものを、あたかも人間のように造りかえたのだ。

望。ゆりかごの中の、グロテスクな姿。あれがおそらく、連中の本来の姿なのだろう。先生は、あの化け物を人間風に変えたのだ。何故。おそらく、この星で生きてゆきやすいように。

岡田先生が、姿を消した理由が、初めてのみこめた。もし、通常の動物の細胞中に葉緑体を入れることに成功したのなら、動物実験の段階で、先生はそれを発表しただろう。ところが。先生のところにいたのは、そんな中途半端な生物ではなかった。まるで別種の生命体。異星からの客。

「おおごとだ、これは」

誰かがさわぎだした。

「すると三沢家にいた三人の子供達は、異星人かも知れないということに……」

「いや、そこまで言うのは早計だ。あるいは、亜人類」

「いずれにせよ、連中は……」

ほとんど全員が立ちあがっていた。無理もない。とびかう会話。連中を探すあてはあるのか。逃がすわけにはいかない。何よりも貴重な研究材料。何で連中は突然東京のまん中に出現したのか。異星人だとしたら地球へ来た目的は。これは、ここだけの話にしていいものだろうか。国家的——いや、全地球的規模の問題だ。

みんな、意味もなくさわいでいた。とにかくあの三人をつかまえなければ。しかし、あては……。

「すいません、静かにしてください」

混乱を収拾したのは、根岸の叫びだった。

「まだ続きがあるんです。御静聴願えますか」

一応静かにはなる。しかし。根岸はこの上何を言う気なんだろう。全員の気が立ちすぎている。これ以上の話など、今しても無意味だろう。そう思いかけて、松崎教授は思いとどまる。根岸が調べたのは、あの時明日香の逃亡をまるで意志を持つかのように助けた植物についてだ。

「ちょっといいですか」

正面へ来た根岸が口を開きかけたとたん、闇の中から男の声がした。聞きなれない声。

「誰だ」

山下が灯りをつける。そこにいたのは、やつれ果てた表情をした男――三沢良介。

「三沢さん」

「みなさん、興奮しすぎていて、私がはいってきたのに気づかなかったようですな」

それから、手を振って根岸に合図する。

「あなたの邪魔をする気はなかったのだが……どうしても私の話の方が重要に思えて」

肩がこきざみにふるえていた。激している精神を必死におさえつけているよう。

「こんなことは言いたくない。言いたくないのだが……つかまえてください。明日香を。拓を。夢子を」

意外な台詞《せりふ》。

「つかまえられなければ……殺してやってください。あの三人は、外へ出てはいけないんだ」

語尾が判然としない程のふるえよう。

「……松崎さん」

それからきっと松崎をにらむ。

「あなたは……あなたは……何てことをしたんだ！　放っておいてくれれば、あの子達は三十前後で死んだでしょう。それを……。なのにあなたは、その十年も待てなかったのか！　おかげで……私は、あの子達の死を望まなければならなくなった。いつかの岡田善一郎と同様に。あなたは……あんたは、一度ならず二度までも、育ての親に子殺しをすることを余儀なくさせたんだ！」

10

夜。あたしは、窓の外を見ていた。背に信彦さんの気配。

「何、見てるんだ」

ふりむくと彼の顔。

「ん……誘蛾灯《ゆうがとう》。可哀想《かわいそう》だなって思ってた」

「可哀想？」

「蛾が。闇の中を、光めざして飛んで……で、光についたところで、死ぬの」

嘘《うそ》よ。そんなこと、思ってもみなかった。あたしが考えていたのは、あなたのこと。

あなた。嶋村信彦さん、不思議なひとね。

あなた、見たくせに。あたしの髪があなたの同僚の首をしめるところ。あなた、知ってるくせに。あたしが普通の人間じゃないことを。

なのにあなたは何も言わない。

あたし、想い出してしまった。あの、火事の日のことを。あたし達を育ててくれたおじいちゃまでさえ、あたし達の秘密が他人に露見しかけたとたん、あたし達を殺そうとした。なのにあなたは。

「……明日香」

彼の手。あたしを抱きすくめる。体が一瞬、びくっとした。少し怖い。怖い——あなたが。何でかしらね。でも、あたし……ふるえてる。

あたしは黙って、窓の外を眺めていた視線を、そのまま下げる。あたしの胸の下で組みあわされている、あなたの、手。あたし、もう少し太っていればよかった。他の女の子みたいに。今の状態だと、骨を抱きしめてるみたいな気がするでしょう。

「……もう少し、太った方がいい」

信彦さん、あたしが今思ってたことを言う。それから、手を離して、ガラス窓に額《ひたい》をくっつける。

「今の状態は、少し不健康だ」

「やせた女の子って嫌い？」

「いや、好みとしてはやせてた方がいいけどね……。おまえのは、いささか良くないやせ方だ。色も白すぎる。顔がまっ青《さお》だ」

あたし、あそこから逃げてくる時に、精神力の大半を費やしてしまった。それがきっと、顔色にも出てるんだわ。

「海も見に行こう。うんと陽《ひ》にもあたろう。おいしいものをたっぷり食べて……」

軽く、彼にもたれかかる。首を傾《かし》げて。

「ん？　疲れた？」

「ううん……」

「泣いてるの……」

「ううん……」

泣いてるの、かしらね。あ、嫌だ。あなたの方、向きたくない。あたし、きっとひどい顔してる。目が赤くて。

あのね。あのね。もう、どうしようもなかったの。感情の収拾がつかない。胸がいたい。胸がいたむ程の……嬉《うれ》しさ。今、あなたの隣にいるのは、他の誰でもない。他のどの女の子でもない、あたし、なのね。

長いこと、一人ぼっちだった。あたし、弱くなったのかも知れない。昔は、一人でも平気だった。でも、今は。今、また一人になったら、あたし、もう……。

「……信彦さん」

「ん？」

「お願いして……いい？」

「言ってごらん」

「あたし、探さなきゃいけないの。……小さな頃の記憶が部分的にないの。あたし、判《わか》らない。自分が本当は何物なのか、何で普通の人間と違うのか。今日、ずいぶんいろいろなことを想い出した。でも、まだ足りないのよ。それを見つけなくちゃ……」

「見つけてどうするんだ」

信彦さんは、無理矢理あたしの体の向きを変えた。あたしは慌《あわ》ててうつむく。今、顔を見せたくない。

「おまえは三沢明日香だ。人間だろうとなかろうと、そんなことはどうでもいい。おまえは今、ここにいる。それ以上のことを見つけてどうするんだ」

「気になるの。知りたい……あたしは、何故《なぜ》、狩られなくちゃいけないのか。それが判れば」

頭をおこす。

「それが判れば、あたし、狩人《かりゅうど》に対抗してみせる」

「…………」

「連れてってくれるって言ったでしょ。外へ。あたしが本当に外へ出る為《ため》には、自分が狩られる理由を知る必要があると思うの。外へ逃げてゆくの嫌。外へ、出てゆきたい」

「連れてってやるさ」

信彦さんは、あたしのあごに手をかけて、こころもち上を向かせる。あたしは背のびして、彼の首を抱く。彼が呼吸しているのが、はっきり、判った。

「いつまでもおまえを狩られる立場になんかしておかない、という言葉が、とぎれた。

11

二十――何年前のことだろう。

三沢良介は、怒りを外へ出さぬよう、慎重に言葉を選んで、しゃべっていた。

二十何年か前。三沢良介はまだ二十代、岡田のおじさん――岡田善一郎が四十代。岡田は、植物の採集をしに旅行すると言っており、ちょうど大学を出たばかりの良介も、それにつきあったことがあった。二人で沼を歩き、山に登り。博識で会話のうまい岡田善一郎は、小さな頃から良介のあこがれの人だったし、旅行は楽しかった。

二人が山あいの小さな村――例の洋館のある山の下――にとまった夜のことだった。十二時頃。風呂あがりに軽く酒など飲みながら岡田の話に耳を傾けていた良介は、自分の目を疑った。流れ星。とてつもなく大きな流れ星が、裏手の山に落ちた。

「おじさん」

「何だ」

話の腰を折られた岡田は、少し不快そうに顔をあげる。

「裏の山に流れ星が落ちましたよ」

「ふふん。願い事をしたかね」

「ふざけないで。かなりのサイズでした。あれなら、大気圏を通過する時に、燃え尽きなかったでしょう」

「ほう。そんなに大きなものかね」

「ええ。――ちょっと行ってみませんか」

軽い気持ちで出かけたものの。

「おい……あっちのほうが少し明るいぞ」

山道を二十分も登ったところで、岡田が不安そうな声をだす。

「山火事にでもなったらおおごとだ……おい！」

へし折れた大木。青い炎。巨大な――巨大な隕石《いんせき》。炎の照らす円形の明りの中でうごめく……木々！　頭が痛くなる。ピアノの音。

「あれは……船……」

二人はへなへなとその場に座りこんだ。燃えているのは、空を渡る船――宇宙船。乗っていたのは――まっ白な肌、緑の髪――触手、丸いひとみを持つ生物。手はない。足――根は、二つから四つに分かれ、ゆっくりうごめく――植物のような――宇宙人。連中の触手――髪は、ふるえていた。それがふるえるたびに鳴りひびく、ピア

ノのような音。そのひびきは、岡田と良介の頭の中で、意味のある言葉を形造った

——テレパシー。

燃えてしまう、燃えてしまう、あなた！

逃げるんだ。早く、俺は動けない。

ここはどこ。どうして。

何かにぶつかった。進路を間違えた。

母星へ連絡不能。救援は望めず。

不時着——墜落《ついらく》。

あなた！　あなた！

早く逃げろ！　じき、船が爆発する！

あなた！

極限まであがる悲鳴。断末魔《だんまつま》のピアノ。ああ、音量じゃない。心のひだの中に、連中の叫びがひびく。

気がつくと、良介と岡田は、草原の上に寝ていた。船はもうない。かわりに、あちらこちらの木々が、かすかにくすぶっていた。しかし、それも遠からず消えるだろ

う。火勢はそんなに強くない。まわりにいるのは、十数人の——と言おうか、十数体の宇宙人達。かすかなピアノの音。連中の会話。

どうしよう。救援は望めないと言っていた。

ずっとここにいなければならないのか。この星に。

この星の生命体は、他の生命体を殺して、その養分を摂取して生きている。

何ておそろしい！

しかし、この環境でなら生きてゆける。我々は。

太陽の光が弱い。生きてはゆけるが……。

根をはってみたら。

どこに。この星には、他生物の栄養を搾取《さくしゅ》する生き物が満ちているというのに。

私の中にはあの人の子供がいるのよ！　あの人の。どうしたらいいの。あの人は燃えてしまった。

待とう。あるいは誰かが気づいてくれるかも知れない。誰かが救いに来てくれるかも知れない。

待つの？　偶然を？　何もせずに。

それ以外に何ができる。それより、この二人の生命体だ。我々の存在を知られてしまった。

岡田は身をおこす。一斉《いっせい》におこる宇宙人のざわめき。

あなた方を食べる気はない。岡田は必死になって宇宙人を説得した。連中の心の中の恐怖を少しでもなくそうと。あなた方が、この地でひっそりと生きてゆきたいなら──いつの日か、救いが来ることを信じて待つならば、それを邪魔する気はない。本当だ。

岡田の説得が通じたのか、あるいはテレパシーの類《たぐい》を多少使えるらしい宇宙人達が岡田の気持ちを感じとったのか、とにかく連中の気持ちのたかぶりは、いくらかおさまった。そして。岡田はいたくその宇宙人達に同情したらしく、そのあとの全生涯を、宇宙人達が誰にもみつからず、ひっそりと生きてゆく為《ため》に使おうと決心したようだった。

山の奥の土地を買った。家と温室をたてた。山の木々の配置と道を変えた。まるで迷路のように。そして、村の連中に山の中には化け物がいるという迷信をうえつけた。

ところが。いくら岡田が努力しても、たった一つだけ不可能なことがあった。地球の気候を変えること。太陽の光は、連中の為にはいささか弱すぎたのだ。連中の寿命は二百年余りの筈《はず》なのに、地球へ来て五、六年で、連中はばたばたと衰弱死していった。あとに残ったのは、五人の子供達と、拓と明日香の母にあたる女性のみ。

宇宙人達は、自分の体が衰弱してゆくことを知ってか、ある日、岡田に重大な願い事をした。子供達を、この星にあう体に変えて欲しい。食物を、少しでもとれるように。ちょっと見ただけでは、この星の生物――人間と、見間違うように。

岡田は、この一大事業を引き受けた。外科医となっていた良介も、それに協力した。

そして――。

☆

「忘れられないと思う。私が、あの山に二度めに登った日、登山口の処《ところ》で、村人に声をかけられた。この山には化け物が住んでいる。はいらない方がいい、と。私はそれを聞いて、ああ、おじさんのうえつけた迷信は結構役にたっている、と思ったんだ。ところが……山にはいって気がついた。あれは、迷信なんかじゃなかったと。本当に、あの山には化け物が住んでいたんだ」

根岸の方をちらっと見る。

「おそらく彼が言おうとしたのはこのことだろうが……山の中の木々が、意志を持っていた。そこはかとない悪意が、行く手をはばんだ。山中の木々が、団結して、あの子供達を守っていたんだ」

「意志を持つ……？」

「そうとしか思えない。私は、岡田のおじさんと一緒に、あの迷路を作ったんだ。道は全部判《わか》っていた。なのに……正しい道を選ぶと、精神的にものすごい負の力が働くんだ。木々が、意志を持って迷わせようとしているとしか思えなかった。そこで私は……多分、精神状態が少しおかしくなっていたんだろう、木に向かってしゃべりだしたんだ。木々が、私は、あの洋館に用があると。あそこにいる子供達に手術をしてやる為、呼ばれたんだと。それを二、三度繰り返した。すると――今度は、逆の現象がおこった。木々に好意が感じられた。木々が行く道を示してくれた……」

「そんな……莫迦《ばか》な……」

「いえ、先生、莫迦なことではありません」

根岸が叫ぶ。

「僕が――私が言おうとしたのも、そのことでした。明日香の――あ、失礼、三沢明日香嬢の近くにあった植物は、あきらかに彼女からある種の影響をうけて変化するんです！」

「私とおじさんは、昔それの実験をやったんだ」

三沢良介は、片手に持っていた、色のあせたバインダーノートを取りだす。

「あの日、おじさんに会って下の木々の話をして……。それから、最初の夢子の手術にとりかかった。夢子を人間型にするのに二年、かかった。拓に半年。明日香に四ヵ月。歩に四ヵ月。望は、手術をうけるにはまだ小さすぎた。……しかし、合計で三年余りだ。たっぷり時間はあった。私とおじさんは、夢子と植物を近づけたり離したりして、観察を繰り返した……」

☆

連中は、常にある種の精神エネルギーを発散している。特に感情が激した時、それはピアノのような音になる。人間が聞くと、そのピアノのような音は、心の中で、意味を持った言葉を形造るのだが……植物がそれを聞くと。その影響をこうむると。

植物に、もともとあった素質が開花するのか、あるいは新たにそういう性質を獲得するのか、その辺のところはよく判らない。いずれにせよ、連中と接触した植物は、ある程度の知能と意志、そしてテレパシーを持つようになるのだ。

普通の状態で、植物に影響があらわれるのは、明日香達と一メートル以内の処に、一時間以上おかれた時。ところが、明日香達が興奮すると、彼女らの影響が及ぶ範囲は、十メートル近くに達し、植物を感化するのに二十分でたりてしまう。

ただ、明日香達との接触が、長期的であっても短時間である時――たとえば、一日十分ずつ半年間接触することがあっても、植物は影響をうけない。また、間にガラスのような遮蔽物《しゃへいぶつ》がある場合も、植物は影響をうけない。

以上のことが判った時。良介は矛盾《むじゅん》に気がついた。山の下の木々達。明日香達は、この家から出ない筈だ。なのに、この家の周囲半キロくらいの木々は、すべておかしい。すべて明日香達の影響をうけている……。

☆

「信じたくないことだったが、連中が植物におよぼす影響は、伝染するんだ。最初、一本のシダが夢子の影響をうけて変化したとする。ついで……そのシダから三十センチ内にある植物は、二、三週間かけてゆっくり変化する。すると今度は、その変化した植物から二、三十センチ内の植物が、二、三週間で変化して、そして……判るかね。連中はいわば……伝染病の病原体なんだ！　私とおじさんは、必死でその変化をとめようとした。影響をうけていた植物の下限――山の下のおかしな木々のまわりにある正常な木々を、二メートル分位、すべてひっこぬいてまわった。下草もだ。放っておくと――非常にゆっくりとではあるが、日本中の植物がおかしくなりかねなかった。あの時は、それでなんとかなったんだ。岡田家のまわりだけで、植物の変化をくいとめることができた。ところが」

三沢良介は、松崎教授をにらんだ。

「非常にやっかいな問題がおこった。子供達の行く末だ。あの子達は、絶対、外へ出てはいけないのだ。――それまであの子達を、あの洋館のまわりだけで育ててきたのは、あの子達の健康と、他人に体の秘密が露見《ろけん》したら困る、という理由だけからだった。ところが……あの子達が外へ出て――どこでもいい、植物のそばに長くいると……。日本にはまだ、森林だの田畑だのが結構ある。もし、ある日急に……急に、稲だの麦だのが、かりいれられるのに抵抗したら？　我々は、あくまで、植物から見たら寄生している生物なんだ。植物達が作ってくれる栄養に寄生して生きているんだ。植物が寄生虫を喜ぶわけがない……」

もう誰も、何も言わなかった。ショックが大きすぎた。

「なお悪いことに、あの子達は、人間に本能的な恐怖と不信感を持っている。おそらく意識はしていないだろうが。あの子達にとって、人間及び地球上の動物はすべて、自分達の同胞を喰う人喰い鬼なんだ。まして今、あの子達はあなた方——人間によって、狩られている。あの子達の意識下において、人間は完全に敵なんだ。そのあの子達が植物に影響を与えたら」

三沢良介は目をつぶる。もう、何を言っていいのか判らなかった。目をあいていたら、それこそ、睨《にら》み殺すようなまなざしで松崎教授を見据えてしまいそうだった。

「十二年前……岡田のおじさんは、松崎さん、あなたに見つかった為に、子供達を殺さねばならなくなった。子供達を、あなたに渡したら——子供達の正体が世間に知れ渡ったら、どうしようもない騒ぎになることは目に見えていたし、何より彼女達の母がそれを嫌がった。あの子達の母にしてみれば、自分の子供を人喰い鬼の研究材料にするなんて、どうしても耐えられないことだったんだろう。そこで、おじさんは、家に火をつけた。家と、あの子達によって変化したまわりの木々全部に。おじさんは——望と歩を殺した。ところが、明日香と拓と夢子を殺そうとして——殺せなかったんだ。どうしても。自分の子供と同じだぞ。何年も、手塩にかけて育ててきたんだ……。あの子達は、私の許《もと》に来た。そこで私は、あの子達を育て続けた。他の誰とも接触させないように、家の外には一日二十分以上ださずに。あの子達は、いくら体の組織を変えても、所詮《しょせん》異星人だ。地球の気候はあっていない。どうせ生きても三十……あと、十年で寿命なんだ！　どうして。どうしてあと十年、放っといてくれなかったんだ！　夢子と拓はいい。あの二人は、自分達の体のことを知っている。植物のそばに長くいるとどうなるかを。あの二人は、自重してくれるだろう。ところが、明日香は。あの子は、知らないんだ！　火事より前の記憶がないんだ！　あの子は、自分が病原体であることを知らない。何故《なぜ》、植物のそばに長くいちゃいけないのかを知らない。どうせ余命は十年。そう思ったから、教えなかったんだ。従ってあの子は……放っておけば、あちこちで植物に感化を与え……あの子は、外へ出てはいけなかったんだ！」

12

白い朝。視界に乳色のもや。シーツの白。あたしは、もの憂《う》く、身をおこしかける。それから。まだ眠っている信彦さんの顔をながめて。彼の髪をなぜる。うっすらと無精《ぶしょう》ひげ。

あなた。

心の中で呟《つぶや》いてみて。

あなた、連れていってくれると言った。外へ。ありがとう。それだけでいい。

それから、自分の体を眺める。細い腕。骨と筋の所在が、はっきり判《わか》ってしまいそう。それでもこれがあたしの腕だわ。

半分目を閉じて、松崎とか根岸とかいう人の顔を思い浮かべる。誰が。誰があなたたちに。指一本、触れさせるもんですか。見てらっしゃい。誰がおとなしく狩られてやるもんですか。

あなた達はあたしをガラスのシャーレから狩りたてた。さあ、ごらん。ガラスのシャーレを出たあたしが、どんな風にあなた達に逆襲するかを。

爪をみがこう。マニキュア塗って。あたしには、まだ、この体と爪と歯と髪がある。

一晩考えた。信彦さん。あなた、あったかいわね。あなたのそばにさえいれば、あったかくてしあわせでいられるかも知れない。でも、あたしは探さなきゃいけない。あたしが狩られる理由を。そして、教えてやらなくちゃ。猟犬達に、おいつめられた獲物の怖ろしさを。それにね。ゆうべ言ったでしょ。あたし、想い出しちゃったの。なくした記憶の一部分。

命は河。そう、ママが言ってた。命は河。親から子へ、子から孫へと流れる。いつかたどりつく海をめざして。おぼろげながら判っている。ここは、あたしが本来属すべき世界じゃない。あたしの為の場所は他にある。あたしが注ぎこむ海が。

昔、ママ達ははぐれてしまったのだ。本流から。そして水たまりでよどんでしまった。あの火事の日、おじいちゃまを殺してまで、あたしは逃げた。ママに約束して。いつか、あたしが、海へ行く。いつかあたしは、本流と合流する。

帰りたい。ママがそう言って死んだなら。帰ってみせる。あたしが。

ごめんなさい、信彦さん。あなたが連れていってくれるといった外は、この世界に属する人の為のものなのよ。あたしは——自分で行かなくちゃいけない。

ごめんなさい。ありがとう。そして。

「ばいばい……」

服を着おえたあたしは、まだ眠っている信彦さんに、軽く手を振った。

☆

本屋へ行って、地図を買った。街の様子を眺めて。喫茶店で、調べる。どうやったら帰れるかを。

まず、見つけなければ。なくしてしまった最後の記憶。その為には、岡田のおじいちゃまの家。あそこには、きっともう、松崎教授の下の人がいっているだろう。でも。

すっかりさめてしまったコーヒーはカプチーノ。意味もなくシナモン・スティックでかきまわしたりして。

でも、見つけるんだ。あたしは。

☆

駅は閑散《かんさん》としていた。あたしは、なるべく顔をうつむけて、まわりの人を見ないように歩く。松崎教授の追手がどういう顔をしているのか判らないくせに、むこうはこっちの人相をよく知っているんだもの。それにこの髪。あたしは髪を切ることができない。目立つことが判っていても、あたしが自分の生命を維持する為には、この長さの髪が必要なんだ。

窓口へ行って、小声で切符一枚買――おうとして気づく。何、何、このお財布《さいふ》。一万円札だと思っていたの、千円札じゃない。

「お客さん、二千八百円」

駅員さんが、容赦《ようしゃ》のない声で言う。えーい、いい、もう。歩いていっちゃう。

「はい、おつり」

え？　きびすを返そうとしたあたしに駅員さん、切符とおつりをよこす。下を向いていたあたしの視界に、どこかで見たような靴がうつる。靴から視線を上にやると
……信彦、さん？

「お客さん、切符いるの？　いらないの？」

「は、はい、いります、どうも」

あたし、慌《あわ》てて切符とおつりをうけとる。信彦さんは、黙って、こわい顔をして、あたしの肩に手をまわした。

「あの……ね。信彦さん」

「あと五分足らずで次の電車が来る」

それだけ言うと、すたすた歩きだす。肩に彼の手があるものだから、仕方なくあたしも歩きだす。

「どうして……ねえ……」

信彦さん、おこってる。何も言わない。

「ねえ……何で……おこってる？　みたいね……あの……」

あんまり何も言われないと、言葉が次々とわいては消えた。

「ねえ……ごめん。ごめんなさい。でも……」

「謝るようなことはするな」

それっきり沈黙。

☆

ずいぶん長いこと彼は黙っていた。黙って煙草《たばこ》を吸っていた。少しペースが速い。健康によくないだろう。

健康。そうよ、信彦さん。あなた、判ってないの？　あたしは行ってしまうのに。

あたしは、本流へ合流する為に、帰らなければならないのに。母の故郷へ。

「あなたの」

思わず口にしてしまった言葉に、はじめて彼は反応した。

「え？」

「……ううん」

「何だ。言ってみろよ」

鋭い目つき。怖い。

「言ってみろ」

完全におこってる。

「あなたの……あなたの隣にいるのがあたしなのは、いけないことだわ」

……何という生硬《せいこう》な日本語！

「何だと？」

「あなたの隣にいなきゃいけないのは、健康で、ぽちゃぽちゃして、陽《ひ》にやけて適当に太った女の子だわ！」

「明日香！」

「あたし、駄目《だめ》なのよ。ごめんなさい。忘れていたの。あなたに連れてって欲しいって言ってしまった。あたしが行きたいのは、あなたの行けない処《ところ》なのに」

「どこへ……行く気だ」

「ママの故郷。……おぼろげながら、判ってるの。あたしの故郷はここじゃない。あたしは……帰らなきゃいけなかったのよ。ママのかわりに。いつかたどりつく海へ」

「……日本語使えよ」

「あの……」

「もっと判るように説明しなっつってんだ！」

電車中の人達が、彼の声量におどろいてふりむいた。彼は全然、まわりのことなんかにかまわなかった。仕方なしにあたしは小声で説明する。ママ達は、もともとこの地の生き物ではなかった。ママ達は、本流からはぐれてしまったのだ。命は河。だとしたら、ママ達は支流。水たまり。あたしはママに約束したのだ。そして、おじいちゃまを殺してまで火事の日に逃げた。本流に合流し、いつかたどりつく海へ行く為に。

「おまえな……」

信彦さんは上を向く。

「どう言えばいいんだろう。そうだな……うん、そうだ」

「え？」

ぱあん！

急に顔の近くで音がした。それからほおが熱くなって、痛くなる。あたしは驚いて――本当に驚いて、二、三度まばたきした。

「こんな処で痴話《ちわ》げんかを始めないで……」

どこかの見知らぬおばさんが、割りこんできた。あたしはそれを視界の片隅にとらえながら、呆然《ぼうぜん》としていた。

「余計なこと考えんなよ。海が何だっていうんだ。俺はここにいる。だから、おまえの故郷はここだ」

信彦さんは、おばさんに全然構わなかった。あたしは……。

「ちょいと、あんた、女の子泣いてるよ。やめなさいよ」

あたしは……。そのまま、信彦さんにもたれかかった。

「おばさん。こういうことは、口をだしたらばかみるだけだから」

見知らぬおじさんがおばさんをひっぱってゆく。

「あーあ」

信彦さん、うめく。もとの明るい口調にもどっていた。

「次の駅で降りよう……。俺……恥ずかしくて神経がもちそうにない」

☆

電車をのりかえて。

「ね、どうしてあたしが駅へ行くって判ったの」

「行く先はどうせ岡田家の焼け跡だろ。それでおまえの気がすむなら、つきあってやるよ」

そういえば。彼はあたしが駅につく前に、自分の切符を買ってあったんだっけ。

「それにしても、よくその財布の中味で俺と別行動とる気になったな」

「うふ……」

笑って。ごめんなさい、あなた。あたしの心、まだ決まってない。あたし、あなたの隣にいちゃいけないような気が、まだ、する。

ごめんなさい。あなた。あなたをつきあわせちゃいけないのに。なのにあなたに連れていってもらうのね、あたし……。

13

相変わらずの、迷路だった。

「えーと、ここを左、だったかなあ」

ついこの間、来たばかりなのに。信彦は、さんざ考えて道を選ぶ。明日香は、こと道に関する限り、まるで役にたたなかった。無理もない。山の下の人々が上へ登らなかったように、山の上にいた明日香は、下へおりなかったのだ。右手が、すこしいたんだ。先刻、電車の中で。まるで手加減なしにひっぱたいてしまった。

「……変ね」

「何が」

「昔は、この山の木々、もっと優しかったような気がするの」

「そうかな。昔はもっと意地が悪かったような気がするんだが」

「うふ」

そんな二人を、冷やかに見ている一対《いっつい》の目。

☆

「町田老人から電話があった」

松崎教授は、ひどくつかれた表情をしていた。昨夜は徹夜だった。眠れなかった。

「明日香とおもわれる女を連れた嶋村信彦が、岡田家の焼け跡に来たそうだ」

男達は一斉にざわめいた。三沢良介はため息をつく。そして。

「松崎さん。私も同行しよう……」

☆

「野宿を覚悟しなきゃいけないかもしれない。すまん、明日香……」

この間うまく岡田家の焼け跡をみつけられたのは、あの老人に会って道を聞いたからだろう。本当にもう……。何度も同じ処《ところ》ばかりぐるぐるまわっている。

「あの、ね、信彦さん」

明日香が遠慮深げに言った。

「こっちじゃないかしら……」

「そうかな」

「うん、多分……」

「いやに自信があるんだね」

「木がね、教えてくれたの」

……木が教えてくれた？　でも。あり得るような気がする。

先刻から、まわりの木立ちの様子が変だった。明日香が帰ってきたせいだろうか。

段々、昔のような、異様な雰囲気がただよってくる……。

「ほら、あったあ」

明日香が、子供のような声をたてた。木立ちが急にとぎれる。

丸い草原。岡田家の焼け跡――。

14

なつかしい。

あたしは、はしゃいで駆けまわった。信彦さんはぼんやりとあたりを見まわす。

ここが温室の跡。

信彦さんの腕をつかみ、温室の跡まで連れてくる。あの時は、彼、ママに会わずに逃げたでしょう。

「ママ。この人がね、嶋村信彦さん。あたしの……あたしのね、恋人」

温室の焼け跡にあいさつをする。信彦さんも調子をあわせて。

「よろしく。明日香のお母さん——ね、お母さんの名前、何ていうんだ」

「さあ……。ママはママだわ」

「じゃあ、ママさんに。頼むから明日香の呪《のろ》いをといてくれ」

「あたしの……呪い？」

「そう。帰りたいって奴。そんな顔したって駄目《だめ》だ。ちゃんと判《わか》ってる。おまえ、まだ、おまえのママさんのいまわの際の台詞《せりふ》に執着してんだろ。……ま、無理もない。

記憶をなくしてる間も、しっかりあの曲弾《ひ》いてたもんな。帰りたいってメロディ」

「グリーン・レクイエムのこと……。どうして判ったの、あの曲の意味」

「昔、直接おまえのママの歌を聞いた」

帰りたい。繰り返すメロディ。ママの歌。あれがあたしの呪いなのだろうか。

「おまえが——もし、おまえの言うとおり、この地の生物でないなら、どうあがいたって所詮《しよせん》は帰れない」

あの火事の日も、理性はそれを判っていた。でも。

「それに……俺が帰してやらない」

信彦さんは、あたしの肩をつかんだ。いつかのおじいちゃまと同じ……。

「俺がおまえを連れてゆく。地球にある海に。この星の上のどこでも、おまえの行きたい処《ところ》に。だから、おまえの故郷は、ここだ」

体の力がすべて抜けてゆくのが判った。あたしは本当に弱くなったんだ。もうきっと、一人ぼっちには耐えられない。

待っていたのかも知れない。ずいぶん長いこと。ママはむかえが来るのを待っていた。そしてあたしの代で来たむかえは——新しい故郷への。

「明日香」

ふいに背で声がする。三沢の……。

「おじさま！」

「教授！　根岸！　宮本！」

信彦さんが、あたしをうしろにかばって、おじさま達の前にたちふさがってくれた。あたしは静かにしゃがむ。

「おじさま……までが、狩る方にまわったの……」

「明日香。聞いてくれ」

「嫌《いや》！」

駄々《だだ》っ子《こ》のように、耳を押えた。十二年前のおじいちゃま。三沢のおじさま。みんな、みんな……。

「うちへ帰ろう、な、明日香。おまえは外へ出てはいけないんだ。すでにこの辺の植物は変化しだしている」

「どういうことです。教授、俺は——私は——、いや、俺は、明日香を絶対あんたなんかに渡さない！」

「嶋村！　おちつけよ！」

根岸という人が叫んでいた。

「それは、人間じゃないんだ。異星人なんだ」

「たとえ何だろうと、明日香は明日香だ。研究室の中に閉じこめておくような」

「閉じこめねばならんのだ」

あの台詞。あの台詞を言っているのは、三沢のおじさま……。十二年間、あたしを育ててくれた人。

「閉じこめねばならんのだ。明日香は、単に異星人だというだけではない。病原体なんだ」

病原体。おじいちゃまもそう言っていた。おまえは病原体。外へ出てはいけない。

「感じるだろう。まわり中の植物の、そこはかとない悪意を。明日香は、一定時間以上植物と接触すると、周囲の植物に変化を与えるんだ。それも、伝染性の。彼女のまわりにいる植物はすべて、意志と弱いテレパシーを持つようになるんだ！　判るか！明日香が外へ出たら最後、日本中の――世界中の植物が、人間に牙をむくようになる！」

なくしてしまった最後の記憶。何故《なぜ》、あたしはあの時、おじいちゃまの言うことに逆えず燃えてしまおうとしたのか。

あたしは病原体……！

信彦さんの背中をみつめる。

あなた。お願い。ここはあたしの故郷だと言ってくれたでしょ。

「植物が意志を持つ……そんな……」

信彦さんの背中がゆれた。あなた！

「判るだろ、嶋村。明日香嬢を渡してくれ。これは、私達と君と明日香嬢だけの問題じゃない。放っておくと、地球上のすべての植物が……。考えてもみろ。人間に逆らう小麦、切りたおされることを嫌がる森林、収穫をこばむ稲」

「あたり前じゃない！」

あたしは叫んでいた。

「あたり前じゃないの！　植物だって生きているのに！　人間の、どこが偉いわけよ。おなじ生物のくせに、何一つ造りださない人間の！」

「そんな……明日香……」

信彦さんは、うめいていた。ゆれる背中。あたし、もうこれ以上、見たくない。

Bye, 信彦さん。あなたも人間なのよね。

もうあたし、行く処、ないじゃない。

ふらふらと二、三歩あとじさる。自然に髪の毛がひろがった。うねる。ピアノの音がひびく——あたしの想い。

ここがあたしの故郷だと、あなたは言った。なのにあたしはここにうけいれてもらえない。もう、どこにも行く処がない。糸切れた。

Bye, 信彦さん。これ以上あなたに望むのは無理でしょう。残酷《ざんこく》というものだわ。いつか。いつか、少し太った、明るい笑顔の、健康な女の子を連れてここへ来てね。そして、ほんの少しだけ。想い出してちょうだい。あたしのことを。

髪がゆれる。木という木が、すべて共鳴してくれた。体があつい。熱を放出しているのが判る。

おじいちゃま、あたしを殺そうとした。おじさま、あたしを狩った。これで充分よ。信彦さん。あなたがあたしを松崎教授に渡すところ、あたし、見なくていいでしょう。

ばいばい……ばいばい……。ここ、あたしの故郷じゃない。あたし帰るの。ママの故郷へ。ばいばい……。

メゾピアノ……メゾフォルテ……フォルテ……フォルテシモ……フォルテシモ！

たたきつける想い。クレッシェンドにつぐクレッシェンド。

さようなら。もうあたし、どこにも行かない。

さようなら。もうあたし、動かない。

さようなら。もうこの先は見ない。

さ よ う な ら ！

髪が、静かにたれさがる。そして、風に、ゆれた。

15

海だよ、明日香。これが。

信彦は、一人で砂浜にすわる。

海だよ、明日香。これが！　近くでみるとあまりきれいじゃないよなあ。遠くであこがれるもんだぜ。海は。

おまえの呪《のろ》い、とけなかった。おまえ、最後の瞬間、俺を信じてくれなかった。自分からすべてのエネルギーを放出してしまった。

俺が教授におまえを渡すと思ったのか？　どう言えばよかったんだ。どう言えば判《わか》ってくれた。

地球なんて、どうなってもよかった。すべての植物が人間に牙をむく。そうしたいならさせとけよ。おまえがいてくれたらいい。

岡田教授は、おまえを殺そうとしたそうだな。そして三沢氏はおまえを狩った。だけど。俺は……。

夢子。拓。明日香。歩。望。これはすべて岡田教授のつけた名なんだろう。明日を夢みて。拓《ひら》いて。歩んで。望を捨てずに。

岡田教授だって、おまえのことを愛していてくれたんだ。断言していい。三沢氏は、ずっとおまえをみつめていた。あの洋館跡の木々を焼く時泣いていた。

おまえ、心を閉じてしまった。たった一人で悲劇のヒロインになって……。

ああ、こんなきついこと言う気じゃなかった。でも、どう言えばよかった。どう言えば判ってくれた！

あとになって判るんだよな。あの時、どう言えばよかったのか。

いつか海へそそぐ本流に、だと。海なんて、こんなもんさ。ちょっと大きな水たまりだ。

おまえは――少なくとも俺にとって、海へそそぐ流れの一筋なんかじゃなかった。おまえはおまえだったし、それで充分だったんだ。河になんかなれなくても。

ごめんよ。

結局、ラストでおまえを守れなかった。間違ってた。

松崎教授や根岸からおまえを守る必要はなかったんだ。あの曲——グリーン・レクイエムから、おまえを守ってやればよかったんだ。あの、ママの歌から。帰りたい。海へそそぐ本流へ合流したいという想いから。

海にゐるのは、
あれは人魚ではないのです。
海にゐるのは、
あれは、浪ばかり。

全然、そんなイメージじゃない。目の前に広がっているのは、寂寥《せきりょう》なんて単語とはおよそ縁のない、のたっとした海。

曇った北海の空の下、
浪はところどころ歯をむいて、

空を呪ってゐるのです。

いつはてるとも知れない呪。


いつ果てるとも知れない呪い。まったく、そのとおりだ。おまえの呪い、ついにとけなかった。

帰ってどうする。俺がここにいるのに、おまえの故郷はここなのに。

でも。

今、海へ帰してやる。

信彦は、明日香の髪を、力一杯、海へ投げつけた。

夢子と拓。今、教授と三沢氏が必死になって追っている。遠からず、つかまってしまうだろう。

俺？　俺は、やり直すよ。何もかも、はじめから。

そうだろう？　海へそそいでその先はどうなるんだ。最後まで気づかなかったのか？　海は、陸地にたまった、大きな水たまりじゃないか！

そのうちに、少し太った、明るい、健康そうな嫁さんもらって、おまえに会いにいくよ。そして、おまえの前で、嫁さんに話すんだ。おまえのこと。守ってやれなかった女の子。

惚《ほ》れた女一人守れなくて男がつとまるかって。きついな、夢子さん。

どこかで、ピアノの音がした。だいぶつっかえてるチェルニー。それが不思議な程、あの曲によく似ていた。

あの曲——グリーン・レクイエム。

緑色の、鎮魂《ちんこん》ミサ曲。

結局、俺は、おまえのママの想《おも》いに負けたんだ。

緑の髪の婦人に捧げるレクイエムに——。

チェルニーは、やがて、もう少しうまいソナチネにかわった。弾《ひ》き手が変わったんだろう。ずっと安定したタッチ。

信彦は、黙って波をみていた。うちよせ、もどり、うちよせ、もどり、繰り返す波。煙草《たばこ》をくわえて。

それから。砂浜に小さな穴を掘り、煙草をうめる。波の音。繰り返す想い。それを断ちきるように立ちあがる。海に背をむけて歩きだし——そして。

そして、二度と、ふり返らなかった。


〈Fin〉

B・G・M
ショパン　ノクターン　作品九の一
リスト　巡礼の年　イタリア　〝ダンテを読んで〟

週に一度のお食事を

たとえば何が嫌いって、中途半端《はんぱ》な混み方の電車程、嫌《いや》なものはないと思うの。そりゃ、満員電車はいいものじゃないけど、まだ、すき間がないだけましよ。適当に混んでいる地下鉄なんて最悪。つり革につかまることはできないくせに、転ぶすき間だけはきちんとあいててくれるんだから。

☆

その日の帰りも、そんな地下鉄に乗った。あたし、一応、大学生。最後の授業おえて帰ると、六時少しすぎ――いっちばん、電車にのりたくない時間帯――にひっかかっちゃうの。

そろそろ梅雨《つゆ》があける――うー、むし暑い――この人、凄《すご》い汗ね――あと駅一つの辛棒《しんぼう》だ――ああ嫌《や》だ、むっとする。そんなことを考えながら、電車に乗っていると。首筋の処《ところ》に、何やらなまあたたかい気配。ぞっとして身を引く。何よ何。中年の男が、あたしの首筋に顔を寄せていた。うっ、気持ち悪い。新手《あらて》の痴漢《ちかん》かしら。不気味。首筋なんて、さわって面白いもん？

少し急なカーブ。その男は、電車がゆれたせいみたいな顔をして、あたしの首筋にキスをした。背中に氷つっこまれたような不快感。気持ち悪い。

なんて思ったとたん。すっと頭から血が引いてゆくのが判《わか》る。足ががくがく。まずい。立ちくらみだわ。――とたんに地下鉄は駅につき、ドアが開いた。降りる人が一杯いるんだろう、ひどく押されて転んでしまい――後は何も覚えていない。

☆

「大丈夫ですか？」

気がつくとあたしは、駅長室のソファに寝かされていた。どうやら貧血おこして人に押され、転んで気を失ったみたい。体中のあちらこちらにすり傷とあざ。気絶しているあたしを踏んづけていった乗客がいるに違いない。日本の公衆道徳を疑いたくなるわ。

「本当にどうも、お世話になりました」

立ちあがってお辞儀《じぎ》をしたら、また貧血状態。駄目《だめ》だあ、食生活のせいかしら。実家がなつかしい。アパートって、こういうとこ、不便なのよね。

明日から食事の量、少し増やさなきゃ。あたしは、やっとの思いでお礼を言うと、何とかアパートへむかいだす。アパートまで十五分。その間、休むこと八回。ちょっと異常な体力の低下だと思う。

アパートに帰ると、ベッドの中へ倒れこみ、とにかくあたしはこんこんと眠った。

☆

目が醒《さ》めると三時だった。昨夜学校から帰ってすぐ——午後九時頃寝ちゃったので、こんなに早く目が醒めたんだろうか。なんて思って、窓の外見て驚く。少しくもっているけれど、外、明るいじゃない。するってえと今は、午前三時じゃなくて……午後の三時だわ。ちょっとお、あたし、十八時間も眠っちゃったのお？

服着替えて、また少し驚く。昨日の怪我《けが》。すり傷とあざは、きれいに全部消えていた。そうたいした怪我じゃなかったのかな。そう思うことにして、朝御飯《あさごはん》作る。本当言うと、全然お腹すいてなかったんだけれど、今食べとかないと、また貧血おこすかも知れないでしょ。

トーストやいて、卵は半熟、紅茶いれて。でも、紅茶飲んだだけで、お腹の中は過《か》飽和《ほうわ》状態。トーストのこうばしいかおりをかいで吐き気をもよおすようじゃ、もう、どうしようもない。

☆

その日からあたしのいささか異様な生活が始まった。とにかく朝——と言えるのかどうか——三時頃まで起きられない。その分、夜、目がさえてしまって。おかげで学校、三時限めまで全滅。もう、目もあてられない。

それに、食事。おなかが全然すかないんだもの。何食抜こうが運動しようが、まるで空腹を感じない。そりゃまあ、食費が浮いていいけど……でも。

それから。日ざしがまぶしくて仕方なくなった。目が弱くなったのか、今が初夏のせいなのか。起きてすぐは、まともに陽《ひ》の光を見ることができない。

最初のうちは、かなり悩んだ。でだしが立ちくらみだったじゃない。何か病気にでもかかったのかなって思って。でもまあ、五日もたつと、いくら異常事態でも、段々慣れてきちゃうものなのよね。

そして、六日めになった。

☆

六日めの三時半。あたしはのそのそとおしいれからはいだしてきて、のびをする。おしいれ——あ、これ、言ってなかったっけ。体が変調をきたしてから、あたし、何故《なぜ》かベッドで眠れなくなったのだ。広々とした処で寝るの、落ち着かなくて。仕方ないからおしいれの中でふとんにくるまり、まっ暗な処で丸まって。

あたし、起きるとすぐ、新調のスカートをはいてみる。浮いた食費で買った奴。そのうち鏡買わなきゃね。このスカート、似合ってるかな。

彼、あたしが新しいスカートはいていることに気づくかしら。うふ。少し楽しみ。多分気づかないだろうなあ。わりとそういうことに無頓着《むとんちゃく》な人だから。

あ、今日はね、あたし、BFのアパートに遊びに行くの。この頃自主休講ばっかりしているから、大学でもなかなか彼に会えないし、ノート借りる必要もあったしね。

そろそろテストのシーズンだから。

彼のアパートは、あたしの部屋よりだいぶ大きくて立派。こういうところ見るたびに、おひっこししたくなるのよね。

「お。新しいスカート？」

意外にも、彼はすぐに気づいてくれた。ちょっと嬉《うれ》しい。

「わお。判る？」

「この間デパートで見てた奴だろ」

「そう。二割引きだった」

「よくそんな金あったな……。ほらよ、ノート。あんまりさぼるんじゃないよ。語学出席とってるぞ」

「うん……」

判ってはいるんだけどね。起きられないんだもの、どうしても。

その後ちょっとおしゃべりをして。六時半頃。

「あれ。帰っちゃうの」

ノートしまいだしたあたしを見て、彼、かなり残念そうな顔をした。

「夕めし作ってくれることを期待してたのに」

「夕御飯……」

「特にこったもん作れとは言わないから。どうせ、たいしたものできねえだろ。けどさ、毎晩ラーメンだとあきてくんだよね」

「そりゃ……作ってあげるのは簡単なんだけど……」

ただ、最近、どうにもカンが狂ってきてて——自分で何も食べないじゃない。味つけなんて、滅茶滅茶《めちゃめちゃ》よ、もう。とか何とか言いながらも、適当に味つけて御飯作る。脇で見てた彼、あたしが一人前しか作ってないのに気づいて、妙な顔をする。

「何だ。おまえ、食べてかないの」

「ん……ちょっとね……」

「食べてけよ。うち帰ってもう一度作るの面倒だろ」

こう言いながら、彼、首筋のあたりの髪をかきあげる。とたんに。久しぶりの食欲。

「あ。おなかすいてきた」

でも。何故か御飯食べる気になれないのよね。

「すごくおなかすいてきた。そうよね、ここんとこ、まともな食事してないもの」

「喰《く》えばいいだろう」

「ん……でも……」

あたしの食欲の対象は、どうやら御飯ではないらしいのだ。彼の首筋。脈打つ頸動《けいどう》脈《みゃく》。おいしそ。

「何だよ。どうしてそう俺のほうばっか見てんだよ……うわ」

もう駄目。我慢できない。

あたしは彼に襲いかかると、有無《うむ》を言わさず、首筋にかみついた。

☆

どうやらあたしは吸血鬼になってしまったらしい。そう悟《さと》るのに、さほど時間はかからなかった。いつかの地下鉄。あの時あたしの首筋にキスした痴漢って、あれ、吸血鬼だったんだ。だからあの日からあたし、昼間は起きていられなくなっちゃったし、食事はできないし、寝る時もベッドじゃなくておしいれを愛用するようになったんだわ。あそこ、多分雰囲気《ふんいき》が一番かんおけに似てるから。

彼は、あたしと同様、こんこんと眠り続けた。目をさまして事情聞いてしばらく絶句。

「よくもまあ……生まれもつかぬ吸血鬼なんかに……」

最初のうちは少し恨《うら》めし気《げ》だったけれど、一日たたないうちに、吸血鬼の生活がすっかり気にいったみたい。

だってね、あなた。まず、食費ゼロよ、ゼロ。たまに趣味でお茶飲むだけで。それに、ちょっとやそっとの怪我はすぐ治るし。――大体、決定的なことに、確か吸血鬼って心臓に杭《くい》打たれたり、銀の弾丸でうたれたりしない限り、不老不死じゃない！　何でみんな、あんなに吸血鬼怖がってんのかな、ヨーロッパの人達なんか。これ、なってみると、実に、便利なものなのよね。

「……まあ……宗教上の問題じゃないの」

彼もその点は不思議がってるみたい。

「日本てさ、わりと宗教ぐちゃぐちゃじゃない。クリスマスパーティーして、大みそかに百八つ鐘聞いて、新年に神社行くだろ。だからさほど気にならないんじゃないか……。デメリットっつったら、昼起きてられないことと、鏡に映《うつ》んないことだけだろ」

☆

そのあと五日位して。四時頃、彼の下宿に行ってみると。ちょうどそのそのおしいれからはいだしてきた彼、開口一番。

「腹減ったあ」

あたしも、少しおなかすいてた。彼の血を吸って以来、まだ一度も食事——他の人の血を頂《いただ》くことってしてなかったから。

「食事、したいな」

「うん、あたしもそろそろ……。どうしようかあ。誰かもう一人、襲ってみる？」

「そうだな……。佐々木なんてうまそうじゃない？　あいつラグビーやってっから、生きはよさそうだし、血色もいい」

「嫌だ。あの人の肉、かたそうだもん」

「おまえな、そう怖ろしいこと言うなよ。とって喰うわけじゃあるまいし。……似たようなもんかな」

「女の子のほうがいいわよお。敦子ちゃんなんてどう？　やわらかくっておいしそう」

……なんか、凄くおそろしい会話だわ。

「でもなあ……俺は吸血鬼って状態気にいったからいいけど、下手《へた》に襲って、後で当人が文句言ってきたら困るよな。損害賠償なんて要求されたら、日本裁判史上に残るような裁判になっちまう」

それもそうなのよね。彼の場合は、あたしまだ、自分が吸血鬼になったってこと知らなかったから、吸血本能のおもむくままに食事しちゃったけど、敦子ちゃんか誰か襲って、あとで泣きだされたら、どうしていいか判んない。

「あ、そうだ。いいことがある」

彼、急に嬉しそうな声だす。

「合意の上でやればいいんだ。友達何人かあたってみるよ。誰か吸血鬼になりたい人、いませんかっつって」

「そんな無茶な。いるわけないわよ」

「いると思うぜ。食費ただだに不老不死っておまけつきだもの」

そして実際。驚くべきことに——その日のうちに、彼は、吸血鬼志願者を三人ばかり集めてきたのだ。

☆

半年後。日本全国津々浦々《つつうらうら》、吸血鬼は破竹《はちく》のいきおいで増えてゆき、日本の人口の一割弱に達した。最初のうちは主に興味本位の連中が吸血鬼を志願し、じきに評判を聞きつけて、死ぬのを怖がっている老人達が、はるばる地方から、血を吸われるために上京してくることになった。すでに老いている人は、不老というわけにはいかなかったけど、老化は確実にとまったみたい。それから全国の重病人。吸血鬼が不死だというのは本当で、不治の病に冒《おか》された人も、吸血鬼になったとたん、死ななくなった。中でも一番感動的だったのは、あたしが血を吸ってあげた交通事故の被害者で、彼はいったん死んだものの、次の晩、伝説どおりかんおけの中で生き返ったのよ。こうなると、今、若さのまっさかりの女性達はきそって吸血鬼になりたがったし、若い男性達然《しか》り。それに、潜在的吸血鬼人口——彼が、吸血鬼志願者をつのるなんて行動とる前から吸血鬼だった人々——も、かなりいたみたいだし。

とにかく。吸血鬼現象は完全に日本をおおいつくしていた。レストランは次々につぶれ、鏡を扱う店にも閑古鳥《かんこどり》が鳴きだした。かわりに、かんおけ型ベッドなんて新製品ができ、八重歯《やえば》美人コンテストが開かれた。人口の増加率と死亡率はぐんと減った。吸血鬼というのは、子供が作れないので。

でも。中でも一番すごいのは、日本吸血鬼党なんて政党ができたこと。彼らは、『吸血鬼は、人口問題と食糧問題を解決する画期的な方法です。何故なら吸血鬼は子供を生みませんし、食糧を消費しません』というのと、『吸血鬼にも人権を』という二つのスローガンをかかげ、全国の吸血鬼達の支持のもと、夜間学校、夜間企業を次々と作ってくれた。

ただ。吸血鬼達と農業組合 etc. は当然のことながらひどくおりあいが悪く——吸血鬼達がある程度増えると、お百姓さんが失業する——、また、食品流通関係につとめている人達も、対吸血鬼運動を開始した。このごたごたは当分おさまりそうになかったけれど、それでも何だかんだで、日本の社会はひどく活発でいきがよくなった。

最初心配された諸外国——特にクリスチャンの国——の反応も、意外な程、おだやかだった。中には——アメリカとかヨーロッパの国々とか——原則として吸血鬼の入国を拒否している国もあったが、その国の人は決して襲わないという約束さえ守れば、それ程厳しいことは言われなかった。日本政府もその点には非常に気を遣《つか》い——国際社会でのけ者にされたくなかったのだ——、今のところ、万事はうまくいっていた。

それに。日本の吸血鬼現象が表沙汰《おもてざた》になって初めて判ったんだけど、実は、それまでにも、吸血鬼のはびこってる国って、結構あったみたい。アフリカ諸国にオーストラリア、南アメリカ諸国その他もろもろ。ヨーロッパは、原産地のくせに——というより、原産地だからか、皆無だったみたいだけど。ひょっとしたら、ヨーロッパで苛《いじ》められるから、吸血鬼達、海を渡って日本やオーストラリアに移住したのかも知れない。

☆

それから半年程して。

「今更《いまさら》転入試験のために受験勉強する破目になるとは思わなかったな」

夜間大学転入試験の発表見に行った帰り、午後六時頃。あたしは、彼と連れだって、夕暮れの街を歩いていた。この時間だと、人間も吸血鬼も起きていられるので、街はにぎやか。

「うん……でも、それにしても、英語ひどかった……きゃ！」

何？　道の脇の公園から、急に男が一人とびだしてきて、あたしに抱きついたのよ！　彼は敢然とそいつにたちむかってゆこうとしてくれたんだけど、その男、委細《いさい》かまわず、あたしの首筋にかみついた。一口血を飲みかけて、ぺっと吐き出す。失礼しちゃうわね。

「残念でした。あたし、吸血鬼よ」

男は謝りもせず、露骨《ろこつ》に不快な顔をして、走り去ってゆく。

「おい、大丈夫か」

彼、あたしの肩に手をまわして、抱きかかえるようなポーズをとってくれる。

「うん、どってことない。……不愉快だけどね」

あたし、ことさらに顔をしかめてみせる。今の男のせいで、思い出したくないこと、思いだしちゃったじゃないの。

「嫌なこと思いついちゃった」

彼も顔をしかめる。あたしは軽くため息ついて、彼の台詞《せりふ》をさえぎる。

「言わなくていい。あたしも判ってるから」

みんなうすうす感づいているのよ。口にだして言わないだけで。最近、吸血鬼が吸血鬼を襲う事故が多発してるから。もし、もし日本人全員が吸血鬼になったら――そう遠いことでもないだろう――その後、吸血鬼は何を食べて生きてゆけばいいんだろう……。

「日本もオーストラリアも島国だし、アフリカ大陸だって……。船や飛行機をシャットアウトすりゃいいんだから、もし強制的に鎖国《さこく》させる気になれば……一番楽なんだよな」

ところが。彼の台詞は予想とは全然違うものだった。

「鎖国？　どういうこと？」

「いや……。ヨーロッパとソ連と中国――ユーラシア大陸の国と、アメリカ合衆国――北アメリカ大陸にだけ吸血鬼がいないっての、ひっかからない？　……吸血鬼って、人の生き血を吸うから不死身なんだよな。血を吸えなくなったら……。吸血鬼って、死ぬとどうなるか知ってる？」

「さあ……昔、まんがで、吸血鬼を銀の弾丸でうって殺すシーンがあったのよね。塵《ちり》かなんかになって消えてたけど……」

「だろ。うまくできてんだよな。本当、吸血鬼って、人口問題と食糧問題解決する画期的な方法じゃん。ユーラシア大陸と北アメリカ大陸以外の人間がみんな塵になっちまったら……。島国の人間が全部いなくなっちまったら、土地はあくし……人口問題も食糧問題も楽にカタつくぜ。俺がどっかの大国のえらい人なら、絶対そう思う」

今の台詞、聞かなかったことにしよう。あたしは黙って、暮れかけていた空を見上げた。

〈Fin〉

宇宙魚顚末記

うちゅうぎょてんまつき

「はふ」

あたしは読みさしの推理小説の三百十ページめを読み終えると――その本の本文は三百十ページしかないから、もう少し素直に言うと、その本を読み終えると――目の前にあったアイスコーヒーを一息に飲みほした。十一時四十八分、ね。まずいなあ、アイスコーヒー、飲んじゃわなきゃよかった。

「すいません。アイスコーヒー、もう一杯下さい」

またですか、とでも言いたげな表情のウェイトレス。考えてみればこれでオーダー三回目だもの、いい加減呆《あき》れられるのも無理はない。

四階建てのビルの二階にある喫茶店。店の一番奥の窓際の席。見おろすとすぐ下が線路。あっちからのたのた走って来るのは西武線。あ、あれ冷房車だ。

もう一回時計を見る。文字盤に四角い穴があって、そこには〝MON.6〟という文字。

そうよ、もう、六日なんだから。六日っていっても、七月の六日や九月の六日じゃない、八月の六日なんだから。ほんっとに、あいつったら、もう六日なのよ。八月になったら電話するって、もう六日じゃない。

……別にいいけどね。別に……いい……もん……あたし、家《うち》にいてあげないから。仮にあなたが電話してきてくれたって、あたし、留守だからでてあげない。なんて、ね。嘘《うそ》よ。あたし、自分でちゃんと判《わか》ってる。あたし、あなたの電話にでたくないから家《うち》をあけてるわけじゃない。一日中待ってて電話が掛かってこなかったらたまらないから、家をあけているんだわ。

ああ、やだやだ。あたしってこんな未練がましい人だっけ。

「およ、ひろみ。早いな」

窓の外の電車見ながら拗《す》ねてたら、待ち人の片方が来た。

「おじょうさんは？」

水沢佳拓《よしひろ》があたしの正面の椅子《いす》に座《すわ》る。

「まだ」

「ふふん」

　声の調子がからかうような色を帯びる。

「伝票にはアイスコーヒー三つって書いてあるぜ」

「残念でした、ホームズ君。あたしが三つ頼んだの」

「あんたがあ？　何してんだよ。いつからここに居《い》るんだ」

「十時位、かな」

「何だ。前に約束でもあったのか」

「家に居たくなかったから」

「何かあったのか、不良少女め」

　声の調子はまだふざけているけれど、目が真面目《まじめ》になっている。

「う……ん、電話が掛かってくるじゃない」

「変な電話でも掛かってくんのか」

「……電話、待ってんの」

　佳拓ちゃん、きつねにつままれたような顔してる。

「おじょうさん遅いね」

　話題を変えることにしよう。

「あいつはあと十五、六分は来ないよ。約束に遅れることで有名な人なんだから」

佳拓ちゃんはこう言うと、胸ポケットから煙草《たばこ》をとりだしてくわえる。どうやらライターが見つからないらしく、あっちこっちのポケットをひっかきまわす。

☆

佳拓ちゃんの台詞《せりふ》を信じるならば、おじょうさんは当分来そうにないから、その間に簡単な自己紹介しとくね。

あたしは杉掛《すぎかけ》ひろみという。今現在十八歳。何故《なぜ》〝今現在〟なんて言葉をつけるのかっていうと、あさってが誕生日だから。大学行ってドイツ語なんてのやってる。作家志望。もっとも、作家でも何でも、志望するのは簡単なわけ。問題はなれるかどうかであって。

それで、ですね。今、あたしちょっと鬱《うつ》なの。何をするのも面倒で、気分が重い。自分で自分が好きになれない。だもんで、少しばかりうじうじしている。決してこれがあたしの常態ってわけじゃないからね、念の為《ため》。

さて、今あたしの正面に座っている人は水沢佳拓という。彼はもう十九になっている筈《はず》じゃないかしら。十九にしてヘビースモーカー。年がら年中煙草くわえている。

彼も一応大学通ってて、油絵描いてるの。

あたしと佳拓ちゃんともう一人の待ちびと——おじょうさんこと木暮美紀子——は、高校時代からの友人だった。あたし達三人、よく言えばユニーク、悪く言えば変わり者。変わり者どうしなんとなくうまがあって、今までつきあってきている。で、今日、何だってこの暑いのに、あたし達二人こんなところにいるのかというと、実はおじょうさんに呼びだされたのだ。昨日電話もらったんだけれど、とにかく淋《さび》しくて仕方ないから構ってくれないかっていうのが、彼女の台詞だった。淋しくて仕方ないっていえば、あたしも淋しくて仕方なかったのよね。それに、おじょうさんとは、高校出てからあんまり会う機会がなかったから、会ってみたくもあったし。

☆

「悪い。待った？」

佳拓ちゃんの予言どおり、十五分ばかり遅刻して、おじょうさんは現われた。

「髪切ったのお？」

髪。おじょうさん御自慢の、長いウェーヴのかかった焦茶《こげちゃ》の髪。たっぷり腰まであった髪が、肩の処《ところ》できれいに切りそろえられている。

「そんなに騒がないでよ。似合わ、ない?」

「いや、そういうわけじゃないけれど」

確かにその髪形も似合ってはいた。でも、おじょうさんって言えば長い髪を想い出す程、おじょうさんってひとを特徴づけていたあの髪が、こうきれいさっぱり切られていると、やっぱり何か、変なのだ。

「淋しくて仕方ないんだって」

佳拓ちゃん、少しつめて、おじょうさん分のスペースを作ってやりながら言う。

「うん……それも、あったしね。なかなかあなた達に会う機会もないし、それにね……それにね、海へ行きたかったから」

「海?」

あたし、繰り返す。まるで必然性のないフレーズのつながり方。

「うん、海」

「行きたきゃ行けばいいだろ」

「どうしてそういう冷たい言い方すんのよ」

「海へ行きたいっていうのと、あたし達と会うっていうの、どう結びつくわけ」

「あのね、一緒に海へ行きませんかってことなんだけど」

おじょうさん、あたしと佳拓ちゃんの顔を見較《みくら》べながら、こう言う。

「おじょうさんあんたね、話はそこから切りださなきゃ駄目《だめ》だよ。海、ねえ。俺は行ってもいいな」

「あたし、泳ぎたいな」

そういえば、あたし今年はまだ一度も泳いでないんだ。

「海でなんか泳げるかよ。人はいっぱいいるし汚ないし。ああいう処のは水遊びっていうんだ」

「泳げなくてもいいじゃない」

おじょうさんがとんでもないことを言う。

「泳げなくてもいいって、じゃ、おじょうさん、あなた何しに海行くのよ」

「海、見に」

「海見る？　一日中？　ただつっ立って？」

「うん。ひねもす、ただつっ立って」

「ただつっ立って何するの」

「じゃ、ひろみはただ泳いでどうするわけよ」

こういう風に問いつめられると困ってしまうじゃない。

「泳ぐ場合、ただ泳ぐことが目的なのよ」

「あたしも、ただ海見ることが目的なの」

佳拓ちゃんとあたし、顔を見合わす。どうも今日のおじょうさん、変なんだ。

「いいわよ、行っても。で、いつにするの」
五、六秒の沈黙の後、あたしはカレンダーつき手帳をとりだしながら、こう言った。
「今日」

「え？」

「うーんとね、佳拓ちゃんとひろみの都合が悪くなければ、なるべく早く見たいんだけどな」

「これから海行くのか」

佳拓ちゃん、時計を見ながら言う。

「駄目？」

「……駄目ってことはないけれど。泳げなくっていいんだな」

「うん」

「ひろみは？　どうする？」

「あたし？　あたし、いいよ、行っても。あたしも海見たい」

「そいじゃ連れてってやるよ。でさ、おじょうさん」

佳拓ちゃん、少し考えこんで。

「一体何があったんだ」

「え？　あたし、変？　いつもと様子違う？」

「ああ。そりゃ、あんたは平生《へいぜい》からして少し変わってるけどさ。今日は特に常軌《じょうき》を逸してる」

「ごめんね、わがまま言って」

「そんなことはいいんだよ。それより、理由が気になるんだ」

「…………」

「言いたくなければ言わなくていいわよ」

あたし、脇から助け船を出してあげる。おじょうさんがおかしい理由、推測がつくような気がした。

「ううん、ひろみや佳拓ちゃんに隠しといても仕方ないもの。あのね、あたし……あたしね、森瀬君ともう会わないことにしたの」

「俺が出しとく」

佳拓ちゃんが、突然、伝票持って立ちあがった。

「もう出るの？　行く先とか決めないで？」

あたし、こう言っちゃってから、慌《あわ》てて佳拓ちゃんに続く。冗談じゃない。おじょうさんがこんな台詞言った後で、彼女の顔見ながらお茶飲む気になんて、なれやしないもの。

森瀬君、だって。森瀬君。この間まで、大介って名前の方を呼び捨てにしてたのに。

――それでね、大介ったらね――ってね、大介が言ってたの――うん、大介に言っとく。

おじょうさんの台詞をいくつか想い出す。このひと、〝大介〟って名前をどれ程優しく発音していたことだろう。少し甘えているようだった、あの〝大介〟って発音。それが森瀬君、か。

あ、やだ。こんなこと考えてたら、なんだか落ちこんできた。あたし、ただでさえ、今鬱なのに。

「ねえ、ひろみ」

あたしがそんなことを考えてたら、おじょうさんがとっても明るい声でこう言った。

「あなたがそんな顔をすることないのよ。これはあたしと森瀬君の問題なんだから」

うわ！　うわ、駄目、おじょうさん、やだ、どうしよう。ごめん、違うの、あたし恥ずかしい。あたしが今、いささかばかり鬱ですよって顔をしたのは、決してあなたと森瀬君のことを考えあなたに同情したせいじゃない。あたし自身の悩みごとのせいなのよ。あたし、あなたが思ってくれている程、思いやりのある人じゃない。もっとずっと利己的で、自分のことばっかり考えている人なんだもん。

突然、がくんと体が左へかしいだ。佳拓ちゃんがあたしの左腕をつかんで、あたしを道の端に寄せたみたい。今まであたしの体があった処を車が走りすぎてゆく。

「わ、驚いた」

「驚いたのはこっちだよ。あんた、車に轢《ひ》かれるのが趣味ってわけじゃないんだろう」

「うん……ありがと」

「ごめんねひろみ。あたしが変なこと言ったから」

おじょうさんが、本当に申しわけないって感じの声を出す。だもんで、あたし、ますます自己嫌悪《けんお》……。

☆

あたしが今滅入《めい》っている理由を、説明しといた方がいいかしら。

まず、(前にも書いたけど、あたし作家志望なのね) 原稿をボツにしたこと。高校時代から同人誌みたいな奴を仲間うちで出していた。で、あたし、一応そこの中心メンバーの一人なのよね。だから、ちょくちょくそこに原稿載せてもらっては、知り合いに読ませてまわってたのよ。でも、それが、ここのところ駄目なの。入試の為に一年間程小説書かなかったんだけど、そのせいか、まるで書けなくなってんの。でも、書けない書けないって言ってるんじゃ、あんまり進歩がないから、この間、半《なか》ば無矢理、原稿用紙を埋めたのね。で、埋め終えてから読んでみたら……あたしったら、ねえ、何書いてんのよ!

今までだって、別に〝何かを訴えたい〟なんて思って原稿書いてたわけじゃなかった。だけど——なんていうのかな、今までは、この話書きたいっていう一種の衝動みたいなものがあったのだ。ところが。今回のはまるでそれが感じられないのよ。なんか、ほんとに義務で書いたって感じがして。それで、とても人に見せる気がしなくて、自分でボツにしてしまった。

で。今までは、あたし、原稿用紙のます目埋めが一種の生きがいだったのですよ。ある日突然、生きがいがなくなっちゃったら……あたし、自分で自分ってものが、全然判んなくなっちゃったのよ。

その為、あたし、かなり鬱々としていた。自分で自分に愛想尽かしちゃったもんだから、かわりに誰かに慰《なぐさ》めてもらいたかった。誰かに「落ちこむんじゃないよ。あんたそれ程駄目な人間じゃない」って言ってもらいたかった。で、あたしには一応ボーイフレンドなんてのがいたわけ。それだもんだから、あたしとしては、彼にその役割を期待してたのよね。ところが、何かどうもタイミングが狂ってしまって、あたし、まだ、彼に慰めてもらうはおろか、ぐちすら言ってない——言えないのよ。会う機会がないんだもの。あいつ忙しすぎるんだもの。「八月になったら電話するよ」って七月の初旬に言われて、原稿ボツにしたの、その直後なんだもん。それで、気がついたら八月六日になってたの。

で、理不尽《りふじん》な話なんだけれど、あたし、拗ねたのよ。いいかげん拗ねて、拗ねて、拗ねまくっているうちに、さらにひどく自己嫌悪に陥ってきたわけ。

自己嫌悪がつのればつのる程、あたしは自分ってものが理解できなくなり、自分で自分が判んなくなっちゃった以上、原稿なんぞ書ける筈がなく、生きがいと趣味と夢をいっぺんになくしちゃったあたしは、精神的に凄《すさま》じい欲求不満となり、それを満たしてくれる先を他に探そうとし、するってえとBFはいそがしいし、他の友人達は友人達でまたそろって浪人してくれちゃってて、大体、落ち着いて考えてみれば、十八にもなって、他人に構ってもらわなきゃいられないっていうのは情無い限りで、するってえとやっぱり自己嫌悪なんて言葉がうかんできちゃって……。

一体、何をやってるのよ、もう。

つまるところ、何が原因で悩んでるんだか自分でもよく判んないの。それでも毎日こういうことをぐちゃぐちゃ考えてて、なんだか、こんな莫迦《ばか》なことやってるひとが、人間の、それも遠からず成人になる女かと思うと、あたしがいること自体、人類に対する冒瀆《ぼうとく》なんじゃないかって気がしてきて、で、気がつくと〝猫になりたい〟なんて呟《つぶや》いてるわけ。ほんと、夢見てしまうのよね、猫になった自分を。茶と白のトラ猫になって、どっちかっていうと長い尻尾《しっぽ》をかったる気《げ》に振って、陽《ひ》のよくあたる屋根の上でお昼寝するの。昼寝に飽きたら、みゃあと鳴いて、夕暮のほどよく暖まったアスファルトの上をのたのた歩くのよね。それから時々、知り合いの家とかへ行って、尻尾ぱたぱた振って、塩ジャケもらうの。

こういうことを考えるのは現実からの逃避だっていうの、よく判ってる。つまりは仔猫《こねこ》みたいな、甘えているだけで許される存在になって、だれかれかまわず、べたーっと甘えていたいだけなんだってこと、判ってる。判っているから自己嫌悪に陥《おちい》るわけ。

ずどどど、なんて擬音つきで気分は底辺までおちこみ、ぐしゃっと音をたててなけなしのプライドがつぶれ……。もう、何ていうのかな、果てしなく滅入ってんの。だから。もう森瀬君と会わないことにして、その結果、何とはなしに海が見たくなり、あたしや佳拓ちゃんを呼びだしたおじょうさんの気持ち、とってもよく判る——気がする。

☆

「海……なのね、これも」

おじょうさんが口をあんぐりあけて言った。

「海なんだぜ、これでも」

佳拓ちゃん憮然《ぶぜん》。でも。

「海……ねえ、これが」

あたしだって、こう言っちゃう。そりゃ確かに海は海でしょうけどね。いやな予感はしてたんだ。一時間半で行ける海なんて。

どっちかっていうと、ドブ川ってイメージ。ドブ川——大きな水たまりって言った方が正しいかな。水はよどんでて、なんか、手をつっこんだら、ぬめっなんて感じ、しそうで怖い。

「海ってさ、もっと青くて、潮の香りがして、目をつむるといつまでも波の音が聞こえるもんだと思ってたわ」

「そりゃおじょうさんあんた、ひとを昼頃呼びだしといて、急に海につれてけって言ったひとの台詞じゃないぜ」

「はあい。ごめんなさい」

「いやに素直だな……。でも、確かにこの海はちょっとひどいな。明日、少し早起きする気になったら、もっとまともな海へ連れてってやってもいいぜ。混んでるだろうけど」

海岸線（この言葉、抵抗を覚えるなあ。ドブ川の土手っぷちって単語におきかえた方がイメージ合う）を三人で歩く。この海に対する文句を並べたてながら。

佳拓ちゃんて、ひょっとしたら、とっても優しいのかも知れない。ふっとそんなことを思った。もし、もっと海らしい海へ来ていたら、きっと今頃、あたしもおじょうさんも、救い難い程、感傷的になってるわ。海なんて単語遣《つか》えない処へ来てるから、今は感傷的なんて言葉、思いださずにいるだけで。

「あれえ。すっごくロマンティックなことするひとがいる」

おじょうさんが驚きの声をあげ、波打ち際《ぎわ》から、水色の壜《びん》を拾いあげた。

それは、十五センチ位の、美しい水色の壜だった。青に白を混ぜて作った色じゃない、青い絵の具を水にといて、かすかに青をとどめる位までうすめて作った水色。ガラスにしては暖かい手ざわり。透《す》きとおっているような気がするのに、あちら側が見透かせない壜。

「いいな、こんなのにお手紙いれて流すのって……。これで、海がもう少しきれいだったらね」

おじょうさんはすっかり、その壜の中味が手紙であると決めてかかっていた。

「まあ、海にういてただけまだロマンティックだろ」

佳拓ちゃんがその壜を手にとって振ってみる。かさとも音はしない。

「なんにもはいっていないみたいだぜ」

同系色の栓《せん》に手をかける。水がはいらないようにする為か、かなりきつく栓がしまっていた。

「あたしがやろうか？　あたしの方がつめ長い」

「いや、大丈夫だろう。ほら、開くぜ」

栓が抜けるのと、そこから何か小さなものが落っこちるのとは、ほぼ同時だった。

「うわ」

佳拓ちゃん、思わず壜を放り投げる。壜は小さな岩にぶつかり、がちゃんと音をたて、でも、割れなかった。

壜から出てきたものはどんどん大きくなり続け……三分後には身長百六十位の立派な女性の姿になって、あたし達の前につっ立っていた。彼女は自分のはいっていた壜を拾いあげると栓を閉め、微笑《ほほえ》んだ。

☆

「あの……壜の精さんでいらっしゃいますか」

ランプの精だの指輪の精だのがいる以上、壜の精がいたって悪いことはないだろうし、実際、突如としてあたし達の目の前に出現した女性は、少なくとも尋常一様《じんじょう》の女性でないことは確かだった。まっ黒な長い髪、いささかばかり整いすぎた顔だち、白い肌、なんとも均整のとれたプロポーション。そして——そして、まっ白の、素敵な翼。

「いえ、あくまです」

そのひと——と言っていいのかどうか——は、こう言った。

「は？」

最初、あたしはその単語の意味が理解できなかった。

「悪魔、です」

彼女は再度こう言う。

「はあ？」

今度の〝はあ？〟は、さっきの〝は？〟とはニュアンスが違う。これは、相手の言ったことを理解した為おこった反応。

「悪魔さんとおっしゃいますと、つまりその……いわゆるあの悪魔さんですか？」

このあたりの台詞を聞いて莫迦らしいと思った方は、ぜひ一度悪魔さんと御対面なさってみるとよい。間違いなく、まともな台詞なんて出てきやしないから。

「あなたの頭の中には〝あの悪魔〟とか、〝この悪魔〟とか、〝その悪魔〟とか、いろいろな悪魔のイメージがあるわけですの？」

悪魔さんはこう言うと、にっこりと笑った。で、あたし達三人、顔を見合わせる破目になる。彼女は自分で悪魔だと言っているわけだし、実際どうもそのとおりらしいんだけれども……でも、こんな場合、どうしたらいいの？　何か用があって悪魔呼びだしたんならともかく、こんな自然発生風に出てこられちゃったんじゃ、困るんだけどなあ。

「で……その、ですね、悪魔さん」

ようやく気をとりなおしたおじょうさんが口をきく。

「あなた、一体何だってこんな処へ出現なさったわけですか」

「実はあたくし、長いことその壜の中に封じこめられていたんです。水沢佳拓さんが栓を抜いてくださったんで、外へ出ることができたわけで……」

佳拓ちゃん、息を飲む。

「ですから、お礼って言うとなんですけれど、三つの願いを叶《かな》えてさしあげようと思って。それに大体、三つの願いを叶えるのが、あたくしのお仕事ですし」

「三つの願い？　そりゃまた古典的だなあ」

佳拓ちゃんが半畳《はんじょう》をいれる。

「それで、俺達が死んだ後、魂をどうしようってわけ？」

「魂？　そんなもの、欲しくありませんわよ。迷信でしょ」

悪魔さん、憮然として。

「そんなものもらって、どうしろって言うんです」

「そんなもの、だって」

今度は佳拓ちゃんが憮然とする番。

「まあまあまあ。魂の用途なんかでけんかしなくてもいいじゃない」

あたし、二人の間に割ってはいる。

「ただ、三つの願いを叶えるに際して、いくつか条件があるんです。まず、願いは具体的でなければならないってこと。たとえば、大金持ちになりたいっていうのは、抽《ちゅう》象《しょう》的すぎて駄目なんです。そういう場合は、いくら欲しいのか、具体的な数字をだして欲しいんです。二つめ、永遠に関する願いも駄目です。不老不死、なんて類《たぐい》ですね。それから三つめ。一度口にした願いは、決してとりけせません」

悪魔さんは佳拓ちゃんを無視することに決めたらしく、とにかく言うことだけをずらずら並べたてた。それから、ちょっと小首をかしげて。

「いいですか？」

あたし達、つい、うなずいてしまう。

「ふふん。では、どうぞ願いを言ってみてください」

そう言うと悪魔さんは、くるりと体の向きを変え、おじょうさんの近くの岩に腰をおろした。見れば見る程、均整のとれたプロポーション。

で、あたしが悪魔さんの外観を観察していた間、他の連中が何をしていたかというと、やはり悪魔さんを眺めていたらしく——つまり、数分間沈黙があって、誰も、何も言わなかったのである。

「なんにも願い事がないんですか？」

悪魔さん、信じられないって顔をする。でも、唐突《とうとつ》にそんなこと言われても、ねえ。

「何も遠慮することなんかないんですからね。お金は？　欲しくありません？」

そりゃ欲しいけど。でも。

「でも、ねえ。突然大金もらっちゃっても、使《つか》い途《みち》に困るもの。たとえば今急に十万円渡されたとしたら……ありがたいだろうけど……用途に困っちゃうわよ。あんまりお金の浪費ぐせつけたくないし、それに、一万円位なら、なまじ使い途があるから、逆に困るわ」

「いちまんえん」

悪魔さん、ちょっと不愉快そう。

「どうして十億円位のことが言えないんです？　仮に十億円あれば、どれだけあなたに浪費ぐせがあるとしても、まず一生大丈夫《だいじょうぶ》ですもの。それでも不安なら百億円なり何なり言えばいいじゃありませんか」

「十億円、ね」

今の悪魔さんの台詞があまり気にいらなかったらしく、佳拓ちゃん、にっと笑ってこう言う。この人がこういう笑い方する時って必ず、誰かをからかってやろうって決めた時なの。

「するってえと、一人のとりぶんが三億円強。三億円から基礎控除《こうじょ》六十万ひいて、で、税率が七十五パーセントで……控除額が八百十九万五千円、かな。てことは……」

「何、計算しているんです？」

悪魔さんが不審そうな声を出す。

「ん？　贈与税引いてんの」

悪魔さんは、できることなら呪《のろ》い殺してやりたいって目つきで、佳拓ちゃんを睨《にら》んだ。

「額が不足なら不足って言えばいいでしょ。そんなあてつけがましい計算しないで」

「あてつけてるつもりはないんだけどね。ところでひろみ、あんた、今、仮に三億の収入があったとしたら、何て税務署へ届けるつもりだい？　悪魔さんから頂《いただ》きましたって言うか？」

「うーん、そんなこと言っても、普通の人は信じてくれないでしょうね」

あたしもついつい悪魔さんをからかう方にまわっちゃった。

「それに、あたしなんかが、億単位――ううん、百万円位のお金を銀行にいれたら、税務署さんより警察さんの方が、あたしに興味を示してくれそうだし」

「お金欲しくないって言えば嘘になるけど」

と、ラスト、おじょうさん。

「悪魔に頼んでまで欲しくはないわよ」

悪魔さんは、何だか苛々《いらいら》してきたみたいだった。

「お金がそんなに嫌《いや》なら……」

佳拓ちゃんの顔をみつめる。

「あなた、画家志望なんでしょ」

「ま、な」

「あなたが今度描く絵、何かの賞でもとらせてあげるっていうのはどうです」

「いや、結構」

佳拓ちゃん、簡単に拒絶する。

「どうして」

「実力もないのにそんなもん取っちまって、後でそのプレッシャーに悩むなんて、俺の美意識が許さない」

「二作目以降も、美術界において、かなりの評価を得られるようにしてもいいんですのよ」

佳拓ちゃん、軽く上方を見上げ、肩をすくめる。

「それも遠慮するよ。画家としてやっていけるようになったとしても、それが自分の実力じゃなくて、悪魔のおかげだって自分で判ってるとしたら……たまらないもんな」

それから、悪魔さんに挑みかけるように微笑む。

「それにね……それに、俺には自信があるんだ。いつか、俺は誰の力も借りずに画家になってみせる。――俺にそれだけの才能があるのかどうか判らないし、本当にそれが実現されるかどうかも知らない。だけど、俺はそれを信じてる。だから、あんたの力なんか、借りない」

「ふうん、そうですか」

悪魔さん、ぷいと横を向く。

「判りましたよ。別にあたくしが画家になりたいってわけじゃないんですからね。あなた、何年か先に後悔しても知りませんからね。たとえあなたにどれ程の実力があろうとも、世の中には運ってものがあるんですから……じゃ、木暮美紀子さん。あなた、最近失恋したでしょ」

ぎく。あたし、突然呼吸がスムーズにいかなくなる。ちょっと、落ち着いてよひろみちゃん。今の台詞、あたしに向けて言われたものじゃないじゃない。

「うわ、やだ、悪魔さん、知ってんの」

そんなあたしに較べて、これを言われた当のおじょうさんは、平然としたものだった。顔が赤くなって、台詞がとぎれとぎれ。多少あせっているみたいに聞こえないでもないけれど、でも……でも、ですね、彼女の台詞の中には、〝笑ってごまかそうや〟ってニュアンスがあるじゃない。

「あなたの恋人だった森瀬大介君ってひと、最近他の女の子と恋仲になったって話ね」

それまで苦笑いをうかべていたおじょうさんの顔が、なんとなく、ひきつる。微笑んだまま、顔が凍りついたみたい。

「それがどうしたっていうの」

「森瀬君があなたのことだけを想うようにしてあげるっていうのはいかがです」

「莫迦にしないでよ。あたしを何だと思ってんのよ」

おじょうさん、声を少し荒くする。

「何って……十八歳の女の子でしょ」

「十八歳の木暮美紀子って女の子よ。他の人ならいざしらず、何でこのあたしが、悪魔さんなんかの力を借りて恋人をひきとめなきゃならないのよ。あなたもね、誘惑するんなら、もっとそれらしいひと、物色しなさいよ」

「凄《すご》いプライドの高さですのね」

悪魔さん、呆れたように肩をすくめる。あたしはさり気《げ》なく上を向く。危ないとこだわ。涙、こぼれそう。おじょうさんの気持ちが、手にとるようによく判った。彼女は、決して、プライドが高いからあんな台詞を言ったんじゃないんだ。

彼女は今、必死になって自分の精神状態を調整しようとしているんだ。彼女は強い人だから、はしゃいで、笑って、精神状態が落ち着くのを待っているんだろうけれど、それでもやっぱり、そこに触れられるとつらいのだ。だから、誰かがちょっとそのウイークポイントに触れたら、さりげなく笑ってごまかして……でも、それをやっても、相手がしつこくそこを刺激するなら、相手に対して攻撃をしかけてゆくしかないじゃない。相手が放ってよこした言葉を倍くらいの強さで相手へ投げつけて、自分の心の領域へ相手をいれないようにするしかないじゃない。

おじょうさん、強いな。あたしはつくづくそう思って——そしたら、なんだか悲しくなってきちゃったの。だから慌てて上向いて。

だって、ね。だって、あたしじゃとても、ああはいかないもの。あたしならきっと……。

「もっとそれらしい人、ね」

悪魔さん、顔をこっちへ向けた。嫌な予感。

「ねえ、杉掛ひろみさん」

うわお。予感的中。

「あなたも今、いささか悩みごとがあるんじゃありません？」

「…………」

「最近あなた、どうもやることなすことうまくいかなくて、自分に自信がなくなり不安定なんでしょ。それで誰かに甘えたくて仕方ないのに、BFが全然構ってくれなくて不満。違います？」

あたし、答えなかった。電話機のイメージが、心の中に、はっきりとうかんだ。

「彼が四六時中、あなたを構ってくれるようにしてあげてもいいんですよ」

あくまで返事なんかしてやるものか。

「それに、あなたの鬱の根本原因を治すっていう手もあるんですよ。素晴らしい小説、書かせてあげてもいい」

口、ひらかないぞ。絶対に口あけてたまるもんか。今、口をあけたら、あたし、間違いなくそれを頼んじゃいそうなんだもの。

ほんと、おじょうさん達がいてくれてよかったな。連中がいてくれるから、あたしは何とか、理性で感情をおさえていられるのだ。あたしにだって、恥なんて感覚があるわけよ、やっぱり。いくらなんでも、おじょうさんと佳拓ちゃんが、あんなにきっぱりと断った後で、あいつに構ってもらいたい、とか、小説書けるようにして欲しい、なんて、口がさけたって、あたし、言えない。

「黙っているってことはどういう意味なのかしら」

悪魔さん、ゆっくり立ちあがると、あたしの前まで歩いて来て、下からあたしの顔をのぞきこむようにする。あたし、慌てて目をそらす。

「おい悪魔さん」

佳拓ちゃん、怒ったみたい。声の質が違う。

「あんた、お礼がわりに三つの願いを叶えてくれるって言ったんだよな。なら、結構だ。放っといてくれ。それに、どうも好意でやってくれてるようじゃないみたいだからな」

「大体、悪魔が好意で人間を助けてあげるなんて、思う方がおかしいんじゃありません？」

まるで悪びれる様子もなく、悪魔さんこう言う。言われてみれば、ごもっとも。

「それに、何が何でもあたくし、あなた方に三つの願いを言っていただきますわ。最初に申しあげましたけれど、それがあたくしのお仕事ですもの」

「じゃ、勝手にすればいいだろ」

佳拓ちゃんはこう言うと、あたし達をうながし、駅へ向かって歩きだす。

「ずいぶんつれない態度じゃありません？」

後ろで悪魔さんの声がする。

「放っとけ。構うんじゃないよ」

佳拓ちゃんに言われるまでもない。

「……意地悪」

何、あの悪魔さん。拗ねてんじゃない。

「いいですわよ。そっちがその気なら」

今度の悪魔さんの台詞は、いささかおろおろした声だった。

「あたくし、絶対、諦《あきら》めませんからね。みんなしてあたくしのこと苛《いじ》めて」

苛めてんのはどっちだっていうのよ。と。後ろで、何か妙な――何とも形容しがたい音がした。思わず振り返りそうになる首を意志の力で固定する。

「あ……つくまさん？」

おじょうさんはついに振り返ってしまったらしい。素頓狂《すっとんきょう》な叫び声。

「おじょうさん、構うんじゃないってば」

「だってえ、佳拓ちゃあん、あのひと」

会話のはこびで思わずあたしも振り返っちゃう。うわ。

おじょうさんうり二つとなった悪魔さんが、にっこり笑ってつっ立っていた。

☆

佳拓ちゃんは悪魔なんて無視しろって言うんだけれど、それはちょっとできない相談だった。しばらくはそれでも、しらんぷりを通してきたのだけれど……池袋へたどりついた時には、本当、どうしていいか判んなくなっちゃってた。つまりね、この辺まで来ると、顔見知りに会う可能性があるわけ。こんなとこ知り合いに見られたら、どう説明しろっていうのよ。

で、さしもの佳拓ちゃんも、おじょうさんの家が近くなるにつれて、精神的に参ってきたみたい。ついに音《ね》をあげた。

「おい悪魔さん。頼むよ、やめてくれ」

「ふふん。どうしようかなあ」

って今や声や喋《しゃべ》り方までおじょうさんそっくりになった悪魔さんが言う。

「佳拓ちゃん、さっきさんざあたしのこと苛めたもん、ね。そう簡単に許してあげる気にならないな」

この間、おじょうさん本人は、不機嫌そのものって表情をしていた。

「おい、おじょうさん——じゃない、悪魔さん、そう拗ねんなよ」

佳拓ちゃんもつられちゃって、つい、おじょうさんに話しかける声音になる。

「きちんとした三つの願い、言ってちょうだい。さもなきゃあたし、ずっとこのまま木暮美紀子さんの格好でいるわよ。本物を壜の中に閉じこめて、あたしがこれからずっと木暮美紀子って名乗ってもいいな」

おじょうさん、すがりつくような目をして右手の人差し指のつめをかみ、佳拓ちゃんのワイシャツの袖《そで》をひっぱる。

「大丈夫だって。そんなこと、させやしないから」

佳拓ちゃんはこう言うと、おじょうさんのほおを軽くたたき、それから半ばやけのような口調で言う。

「OK、悪魔さん。俺の負けだよ。三つの願いって奴を言えばいいんだろう、言えば」

「そう」

また先程と同じく、何とも形容しがたい音がして、おじょうさんそっくりの悪魔さんは、もとの姿に戻った。ただし、今度は翼なしで、白のブラウス、紺《こん》のスカートをはいた女の子の姿。

「最初っから、そういう風に素直にすればよろしかったのに」

今度は、声も喋り方も悪魔さんのものだった。

「ただし、あんまり変な願いは言わないでくださいね。千円欲しいとか、その類のは駄目」

佳拓ちゃん――多分その手の願いでお茶をにごそうとしていたらしい――軽く肩をすくめる。

「時間制限はあるのか？」

「時間……制限？」

「そう。ゆっくり考えて有効に使いたいからね」

あーあ、こりゃまた一波乱あるわ。ゆっくり考えたら佳拓ちゃん、絶対まともな願い事言わないに決まってるんだから。

「どうぞ」

悪魔さん、憤然としてこう言う。

「あたくし、三つの願いを言っていただくまでは、決してあなた方から離れませんからね」

そして。悪魔さんがつかず離れずの状態で、二日、たった。

☆

「あ、ひろみ、それ触っちゃ駄目だ。まだ乾いてない」

今日はあたしの誕生日。悪魔さん――親しくなるにつれ、仇名《あだな》というか、呼称が必要になったので、あたし達は彼女をキティと呼ぶことにしていた。拗ねてふくれた時の仕草が仔猫みたいだったから――を拾った日以来（何のことはない、二日前なんだけど）、毎日会っている佳拓ちゃんとおじょうさんが、あたしの誕生パーティを開いてくれた。佳拓ちゃんは、高三の時、お父さんが金沢へ転勤したせいで、今、一人ずまいなの。だから、誰に気がねもいらない彼の家を会場にしたのだけれど……この会場、とっても怖いのよ。油絵はあっちこっちにころがってるし、絵の具の出てるパレットはあるし、画用木炭踏んづけては畳と靴下《くつした》まっ黒にするし。

「佳拓ちゃん、ここ開けて」

なんとかあたりを片付けて、あたしと佳拓ちゃんとキティがテーブル囲んだら、ドアの外でおじょうさんの声がした。

「はいよ」

右手にケーキの箱、左手にバラの花束かかえて、おじょうさんがつっ立っていた。

「わお、バラかよ。気障《きざ》だなあ」

「うるさいわね、佳拓ちゃんにあげるわけじゃないからいいでしょ。ね、ひろみ、これだけあれば、ジャム作れるんじゃない」

何が気障よ。

「ケーキ、五つ買って来ちゃった。あ、キティ、お皿とティカップ出してくれない？　ひろみは今日の主賓《しゅひん》なんだから、黙って座っていなさいね」

この汚ない佳拓ちゃんの部屋のどこから探してきたのか、花びんに花を活《い》けながら、おじょうさんがこう言う。

「まったく、悪魔使いの荒い連中なんだから……」

なんてことを言いながら、キッチンでキティ、手早くティカップを洗ってる。

「おいキティ、その辺の奴、きちんと洗ってあるんだぜ」

「佳拓さんが洗ったんでしょ」

キティ、もくもくとカップを洗い続け、佳拓ちゃん仏頂面《ぶっちょうづら》。この二人は顔をあわすと憎まれ口しかきかないんだけれど、どういうわけだか、そんなにとげとげしい間柄じゃなくなっている。

そう。不思議なことにキティとあたし達、いつの間にかわりと仲良くなっているのだ。相変わらずキティは、機会さえあれば、画家にしてやろうとか恋人とのよりを戻してあげようなんて言うんだけれど、それだって、あたし達を苦しめようとして言っているんじゃなくて、彼女の習性——というか、くせ——で言ってるみたいなの。三つの願いに固執する以外は、まるで邪気《じゃき》のない悪魔なんだもの。

「きゃは。ラズベリータルトじゃない」

と、これは、ケーキの箱を開けたあたしの喜びの声。あたし、今日は、少し無理をしてもはしゃぐつもり。

「佳拓ちゃん、お宅にプリンス・オヴ・ウェールズある？」

「プリンス・オヴ・ウェールズ？　赤い缶《かん》の奴だっけ？」

「ううん、トワイニングの黒い奴」

「ああ、あるよ」

「あたし、うすくしてね」

タイミングよくしゅんしゅん言いだしたやかんをあたしに渡しながら、おじょうさんがこう言う。高校時代から、お茶をいれるのはあたしの役目。

「あたしは今日の主賓だから黙って座ってろって言ったの、誰だっけ」

なんて言いながらあたし、ティポットにお茶っ葉を入れる。キティは今度はケーキ皿とフォークを洗ってる。

「お、キティ、これもついでに洗って」

佳拓ちゃん、キティにグラスを四つ放る。慌てて洗い物の手をやすめたキティは、辛《かろ》うじてそれをうけとめると、鼻を鳴らした。

「佳拓さん、危ないでしょ。割れたらどうするのよ」

「そしたら、三つの願いの最初の一つでなおしてもらおうと思ってた」

「そういうのは駄目って、あらかじめ釘《くぎ》をさしておいたでしょう」

そう言った時の、とっても不満そうなキティの顔を見て、佳拓ちゃんはくすっと笑う。

「どうせあんたのことだから、器用にうけとめると思ってたんだよ」

「………………」

返答に困ったらしく、左頬《ほお》を軽くふくらませてからキティ、またもくもくと洗い物を続ける。

「佳拓ちゃん、そのグラスどうするの」

お茶をわりとうまくいれることができ、いたって機嫌良く、あたしは聞く。

「ん？　あんたの誕生日だから、これあけようと思って。氷もあるし」

ウイスキーの壜を示してみせる。

「あー、いけないな、まだ十九のくせに」

と、からかうような調子でおじょうさん。

「おじょうさんに到っては、まだ十八だもんな。こんなもの、飲まないよな」

と、これもからかうような調子で佳拓ちゃん。とたんにおじょうさん、そっぽ向いて一言。

「意地悪」

あたしとキティが、同時にふきだした。

☆

ラズベリータルトは美味《おい》しかったし――最終的にはおじょうさんが二つ食べた――、紅茶もわりとうまくはいった。おまけに少しアルコールも加わって、あたし達はおしゃべりを楽しんでいた。

で、いつの間にか、あたしの小説が話題になっていた。

「そういえばひろみ、最近原稿書いてんの？」

確か、おじょうさんがこんな風に切りだしたんじゃないかと思う。

「ここのところ、同人誌、売りにこないね」

「う……ん、ちょっと、ね。スランプって奴でして」

あたし、こんな台詞を口にしてから、猛然と恥ずかしくなった。スランプなんて単語は、もっと中味のある悩み方をしている人が使うべきよね。あたしのは、単に、いじけてるだけだもの。でも。

「あの、さ、おじょうさんに佳拓ちゃん。ちょっと慰めてくれようって気にならないかな」

「ん？　何だよ」

あたし、この間っから、誰かに甘えたくて仕方なかったんだもの。少し位、いいでしょ、甘えても、ねえ。あたし、原稿ボツにしたことから始めて、最近の精神状態を話しだしたの。そうしたら。

「ばっかだなあ」

佳拓ちゃんったら、こんなこと言うんだもの。

「百二十枚も書いといて、自分で気に入らなくなってボツにしちまったのかよ。莫迦としか言いようがない」

「佳拓ちゃん、その言い方ってあんまりじゃない。それで慰めてくれてるつもり？」

「慰めてやる気ないもの。絶対いい作品書いたって自信があるのにボツにされたっていうんなら、まあ慰めてやらんこともないけど、何で自分で失敗してボツにした奴まで俺が慰めてやらにゃならんのだよ。つまり、あんたが莫迦だったっていうだけの話だろ」

そりゃそうでしょうけど。そうなのよ、確かに。だけど。

「……どうせあたしは莫迦なのよ。悪うございましたね」

「自分で判ってりゃいいんだよ」

「放っといてよ、もう」

「じゃ、はじめからそんな話すんなよな」

「…………」

これが仮にも友達の言う台詞？　悪魔のキティさんの方がよっぽど優しいわよ。その優しいキティとおじょうさんが、あたし達の間に割ってはいったらしいけれど、あたし、そんな台詞、耳にはいらなかった。グラスの中の液体を一息に飲みほすと、佳拓ちゃんの前にあった壜をひったくり、自分で水割りを一杯作る。

ふん。そりゃ、あんたはいいわよ佳拓ちゃん。油絵なんか描いちゃって、この間もキティに啖呵《たんか》切ってたけど、あんたなら確かに画家になれるかも知れないもの。人生順風満帆《じゅんぷうまんぱん》なんでしょね。あんたが恋愛問題で悩んでるなんて話、ついぞ聞いたことないしね。何よこれ、オールド・パー？　学生のくせに、ほんっと、ブルジョワめ。

あたしなんか、あたしなんか、小説は書けなくなるし、自己嫌悪は襲ってくるし、鬱だし、淋しいし、あいつは最近冷たいし、大体文学部なんか出てこの先どうしろっつーのよ。それに加えて莫迦だって言うんでしょ。そうよ、あたし、莫迦なんだから。莫迦で、美人じゃなくて、家柄も良くなくて、資産も無くて、も、もう、救い難いんだから。うー、まずい。嫌《や》だ、こんな飲み方。お酒全然おいしくない。……でも、いい、知らない。知らないもんこんなあたし。知らないもん佳拓ちゃんなんか。どうせあたしは莫迦だもん。水割りもう一杯作っちゃお。

で、あたしが三杯めの水割りを飲みながら、何やらごちゃごちゃ、前に書いたようなことを言いたてたら、佳拓の阿呆《あほう》はこう言ったのよ。

「原稿ボツにしたのも、今鬱なのも、つまりはあんたが悪いんだろ。ごちゃごちゃ言ったって、仕方ないじゃないか」

「そうよ。どうせあたしが悪いのよ。だからちゃんと自己嫌悪にも陥ってる」

「……自己嫌悪なんかに陥ってどうするんだよ。そんなことする暇《ひま》があるんなら、今度はもっといい小説、書きゃいいんだろうに」

「それができればぐちなんかこぼしませんよお、だ。できないんだもの」

「嘘つけ。できないんじゃなくて、やってないんだろ」

佳拓ちゃんは、軽くため息をつくと、とっても不思議な目をしてあたしの顔を見た。いつの間にか彼は煙草をくわえていて、その煙が上へ昇ってゆくのが、どういうわけか口惜《くや》しかった。そう、口惜しかったのだ。佳拓ちゃんが言っているのが正論だってことは判る。だけど。だけど！　それに、何、この目は。あたしを哀《あわ》れんでいるような目。あたしのことを可哀想《かわいそう》だと思っているに違いない目。確かに最初は、あたし、佳拓ちゃんに慰めてもらうつもりだった。でも、期待したのは、こんな目じゃない。

「唐突だけど、三つの願いっていうのは、いつになったら言っていただけるんです？」

本当に唐突に、キティが口をはさんだ。いや、まてよ、決して唐突ではないや。さっきっからキティとおじょうさんは、あたしと佳拓ちゃんの間に割ってはいろうと必死だったの。今までは、あたしと佳拓ちゃんが、大声で台詞のやりとりをしていたから、キティの声が聞こえなかっただけ。

もう、こんなわけの判らない自己嫌悪、嫌。小説書けるようにして欲しい。こんな淋しいの、嫌。あいつに構ってもらいたい。

そんな台詞があやうくもれるところだった。アルコールが自制心をどこかへ吹きとばしてしまっていた。それを言わずにすんだのは、佳拓ちゃんとおじょうさんがいてくれたおかげだわ。あたし、まだ何とか強がってみせることができる。

「一つめのお願いね」

あたしは、自分の思考をそっちからひきはなす為にも、何か関係のない願い事を言わなきゃならなかった。

「えーとね、キティ。その……何であなた、そんなに三つの願いを叶えたがるの」

キティは、もの凄くめんくらったような、どうにも困ったというような表情をした。

「それ……、願いというよりは、質問じゃありません？」

「うん……だけど、そういう事を教えて欲しいっていうの、願いにならない？」

「でも……そういう願いは前例がないから」

「前例がないと駄目なの」

「そういうわけじゃないけれど……」

キティは、なんだかとっても困ってるみたいだった。でも、あたし、ちょっと誰かにからみたい心境だったので、ついついこう続けちゃう。

「これ、いつかあなたが言った三つの条件のどれにも反してないでしょ。具体的だし、永遠には関係ないし、前に言ったことのとりけしでもないし」

「……ええ」

「じゃ、叶えてくれなきゃフェアじゃないわ」

「その……ね、ルールだから……ゲームの」

キティ、ぼそぼそと話しだす。なんだか言いにくそう。

「……あの、ね、この地球みたいな世界は、他にも沢山《たくさん》あるんです。で、そのうち、半分があたくし達側――つまり悪魔側の陣地で、残りが天使側の陣地なんです。ここは天使側の陣地なんですね。で、悪魔は天使側の世界の知的生命体を滅ぼそうとし、天使は悪魔側の世界で同じことをし……どちらが先に、相手の陣地の知的生命体を滅ぼせるかっていうゲームをしているんです」

「おい、ちょっと待ってくれよ」

佳拓ちゃん、ゆっくり二回まばたきをする。

「ゲームって一体……何だって俺達の世界使ってゲームなんぞを……」

「あ、それ、逆なんです。あなた方の世界を使ってゲームをしているんじゃなくて、あなた方が――これ、あんまりうまい表現じゃないんですけれど――ゲーム盤の上で暮らしてるんです。今までやってきた、天地創造ゲームだとか、生物の進化競争なんかが、いいかげんマンネリになってきたんで、ここ二千年位、おのおのの世界の知的生命体の攻防戦をやっているんで……」

「………」

すっかり憂鬱《ゆううつ》そうな顔になった佳拓ちゃん、それでも気力をふるい起こして聞く。

「それと三つの願いとがどうつながるんだ」

「あたくしだって、こう見えてもかなりの力を持っているんですね。だから、やる気になればすぐ、人類位滅ぼせるんです。でも、それじゃ面白くも何ともないでしょう。だから、ルールによって、ある程度力を制限するんです。悪魔側は、その世界の知的生命体の持つ欲を刺激して、三つの願いを言わせるんです。すべてのものを進歩させるのは欲なんですね。で、欲望が次々に叶えられてゆくと、文明の進歩するスピードがあがり、ある程度以上加速度がつくと、文明っていうのはたいてい、まっしぐらに破滅へつき進むんです――というか、さりげなく横で欲望をあおりたてて、そういう風に方向づけるのが、悪魔のうでなんです」

ここでキティがため息をついたところを見ると、どうやらキティは、それが大の苦手らしい。

「天使側――つまり防禦《ぼうぎょ》側は、もうちょっと力を制限されてます。連中は、悪魔の立ちまわり先にあらわれて、何かとその邪魔をすることしかできないんです。いわゆる魔力のようなものは、悪魔の三回に対して一回しか使えませんし。ただ、連中は自然状況をいささか細工できるんです。津波をおこしてみたり、病気をはやらせたり……中世のペストとか、癌《がん》なんかが連中の傑作です」

「それ、逆じゃないの？」

と、おじょうさん。

「癌を作ったのは、天使じゃなくて悪魔でしょ？」

「どうして」

キティ、きょとんとする。

「人類を破滅させようとしているのが悪魔で、少しでも良い方向へ導こうとしている――いや、ゲームなら、少しでも長びかせようとしているって言わなくっちゃいけないのかしら、とにかく、そっちが天使なんでしょ？」

「ええ」

「じゃ、何だって天使が癌とかペストとかを流行《はや》らせるのよ。そんなもの流行ったら、人がばたばた死んじゃうだけで、人類の役になんて全然たたないじゃない」

「あたくし達、数の増え方を競ってるわけじゃありませんもの。今だって、平均寿命が伸びちゃって――これも、悪魔側が努力した結果なんですけれどね――、人口が増えて、困っているわけでしょう。地球のスペース自体に限りがあるんだから、人間がそうそう異常繁殖したら、必ずどこかでバランスが崩れるんですよ。だから天使方は必死にバランスをとろうとして、人間をまびくわけでしょう」

「まびく……」

地球が大きな植木鉢《うえきばち》で、そこにびっしりはえているあたし達。天使が一所懸命《いっしょけんめい》それをまびいて肥料をやって……それも、ただの、ゲームの為に。

「ですから、それに対して悪魔側は、たとえば家族が癌なんかで苦しんでいる人に呼びだされた場合、何とか〝癌の治療法を作ってください〟なんて言わせるように欲を刺激するんです」

「それなら、未《いま》だに癌の完全な治療法がないっていうのは、おかしな話じゃないのか?」

「そこのところは天使が非常に良く考えてあるんです。人間って、とっても利己的に出来てるんですよね。大抵《たいてい》の人が〝私の癌を治してください〟って頼み方をするんです……。三つの願いについても、そうなんですよね。僕にお金を下さい、とか、私を○○大学にいれてください、なんていう願い事じゃ、叶えてあげても、文明の進歩には全然関係ないでしょう。そこを何とか、文明の進歩に貢献するような欲望に変換させるのが、あたくし達の仕事の一番むずかしいところなんです」

「じゃ、私利私欲を追いかけずに、文明の進歩に貢献してやろうと思うような人が、結局人類を破滅させるのか……」

灰皿の上で、佳拓ちゃんの煙草が、一口吸われたきり、全部灰になってしまっていた。

なんとなく、たまらなかった。どういうわけか、あたしはその時、自分の部屋のグッピーのことなんか考えていた。

「おさかなみたいだわ……」

「魚？　何が」

「あたし達が、さ」

何年か前から熱帯魚を飼っている。とても欲しかったのだ。水の中を優美に泳いでゆく魚達。身をくねらす時のしなやかな動き。水草の間をぬって泳いでゆく魚。魚達が泳いでいるのを見るのは楽しかったし、水槽《すいそう》の中に空気を送りこむ、モーターの規則正しい音を聞くのも楽しかった。が、やがて、まるで楽しくない事態が発生したのだ。

魚が一匹、水槽からとびだして、ひからびて死んでいたことがあった。ヒーターとサーモスタットのコードを出す為、水槽のふたには二ヵ処、小さな三角形の穴があいている。そこからとびだしたのに違いなかった。

魚が生きてゆけるのは、ほんのわずかな水のはいった空間の中でだけ。この水槽の中で、魚は、ガラス越しに外の世界を見て、どんなことを考えていたろう。あたしが、もし、魚なら。きっと、何度も何度もガラスに体あたりしてみたろう。この透きとおった物質のあちら側に見える世界へ行ってみたくて。あたしにとって何の必然性もないガラスの壁が邪魔をして、あたしは決してあちら側へ行くことができないのだ。

そしてある日。あたしは天井にあいている三角形の穴に気づく。その外がどんな風になっているのか知る由《よし》もないが、いずれにせよ、そこにはガラスはないのだ。あたしは、ジャンプする。何度も何度も、ジャンプする。もう少しで外へ出ることができるのだ。もう少しで。

で、出たら。出たら、死ぬのだ。ひからびて。

――勿論《もちろん》、その魚が死んだのは、こういう理由である筈はないと思う。でも。そういう目で見ると、水槽の何と残酷《ざんこく》なことか。いや、こんなせまい処に閉じこめられて、という意識が持てるなら、まだいいのだ。水槽の中で生まれた魚は。彼らにとって、水槽内の狭い空間が、生まれてから死ぬまでのすべてなのだ。外のことなど、そもそも考える発端すらない……。

ただ泳ぎまわる魚を見ていたかっただけなのだ。それなのに、気がついたらあたしは、魚にとって絶対的な存在になってしまっていた。すべての世界を掌握《しょうあく》している絶対者。もしあたしが、ある日突然、えさをあげることを止めてしまったら。ある日突然、ヒーターの電源を抜いてしまったら。

魚は、生まれおちたその瞬間から、否《いや》も応《おう》もなく、あたしに生殺与奪《せいさつよだつ》の権を握られてしまっているのだ。何のいわれもなく。おまけに、何故あたしが連中を飼っているのかというと――ただ泳ぎまわるところを見ていたかっただけ！

そんなのってある？　あたしが魚だったら絶対そんなの我慢できない。

でも。かといって、あたしは魚の為に何もしてやれない。この世界で生かすのが可哀想だからって、殺すわけにもいかない。そもそも水槽の中で生まれ育った連中だから、水槽以外の場所で生きてゆけるとも思えない。しかも、次々と魚は子供を生むのだ……。かくて水槽は未だにあたしの部屋にあり、おそらくこれからもあり続けるだろう。

ろれつがよくまわらないまま、あたしはこんなことを話していた。何が言いたいのか、自分でもよく判らなかった。でも、何かを喋っていたかったのだ。黙っているのは耐えられない――。

大きな植木鉢にかがみこんでまびきをしている天使の姿。からからにひからびた魚。自己嫌悪に陥ってる暇があるなら、今度はもっといい小説書けばいいだろうって、佳拓ちゃんの台詞のリフレイン。いつまで待っても鳴らない電話。いろいろなイメージが頭の中を通り抜けていった。気分が悪い。もう、何考えるのも嫌。

――今にして思いおこせば、この時あたしは、少しでもおじょうさんに気を遣ってあげればよかったのだ。キティの話を聞かされて、森瀬君には他に好きな人ができて、いかに強いとはいえ、精神的にずたずたになっていたおじょうさんが、どっちかっていうとアルコールに弱い人だっていうの、判っていた筈なのに。

「みんな嫌い」

あたしが喋ることだけ喋りつくして少し静かになると、今度はおじょうさんがわめきだした。

「みんなだいっ嫌い。大介嫌い。悪魔さんも嫌い。お魚も、天使も、みんな嫌い」

森瀬君、と意識して喋っていたのが、いつの間にか大介に戻っている。

「海へ行きたかったの。去年は夏期講習だの何だので行けなかったから。大介も連れてってくれるって言ってたの」

おじょうさん、泣いてた。佳拓ちゃん、困ったって風情《ふぜい》でおじょうさんをなだめる。

「俺がつれてってやるよ。おととい、そう約束したもんな。あと二つ願い事言って、この悪魔さんがいなくなったら、みんなで行こう。ひろみだけじゃなく、月館ちゃんとか山崎とか、いっぱい誘って」

「大介なんか、だいっきらい。約束したのに。海へ行こうって」

「山崎を誘うのはいい案だと思うぜ。あいつ、この間免許とったから……でも、あいつの車にのるの、少し怖いな」

二人の話は全然かみあっていなかったけれど、それでも二人は話し続けていた。

「海へ行きたかったの。あたしね……あたし、ほんっとに今でも大介好きなの。大好きなの。だけど……だけど、大介なんて嫌い」

激しく首を横に二、三度振る。

「天使も嫌い、悪魔も嫌い、お魚さんも嫌い……。もう、嫌だ、あたし。あたし……あたし……大介なんか……大介なんか、お魚にでも何にでも食べられちゃえばいいんだわ。みんなお魚にでも食べられちゃえばいいんだわ。……嫌だ、佳拓ちゃん、気持ち悪い……」

「おい、大丈夫かよ、おじょうさん。水飲むか?」

「うん……気持ち悪い、ねえ佳拓ちゃん、どうして」

「どうしてってそりゃあんた……ひろみ、悪いけど水くんできてやってくれない」

今はすっかりおじょうさんの面倒みることに専念している佳拓ちゃん、あたしにからのグラスを差し出す。

「ごめんな、あんたの誕生日だっていうのに、俺があんたにからんだりしたから」

「ごめんなさい、あたくしが変な話、したから」

「ううん、そんな……」

あたし、グラスをもって立ちあがる。もとはといえば、あたしがキティにあんな願い事したのがいけないんだもの。

キッチンへ行って水道の蛇口《じゃぐち》をひねる。足許《あしもと》が少し危ない。おじょうさん、また何かわめきだしたみたい。ねえキティ、というかん高いおじょうさんの声が何度か聞こえた。

「ねえキティ、二つめのお願いなの……」

おじょうさん、森瀬君とよりを戻すことを願う気かしら。そんなこと、させちゃいけない。それじゃおじょうさんが惨《みじ》めすぎる。

少しあせってもとの場所へ帰ろうとしたら、ごみ箱にぶつかって倒しちゃった。しゃがみこんで、ごみを拾い集める。

「おい、キティ、ちょっと待てよ」

「でも」

あっちの方から妙に切迫した佳拓ちゃんとキティの声が聞こえてきた。何やってんのかしら。あたしは立ちあがる。あ、やん、水、こぼれちゃった。あたし、体をまともに動かせなくなる程飲んだっけ。仕方ないから、もう一回蛇口の処へ行く――と。水道のすぐ上の処に窓があって。

「よ……佳拓ちゃん」

あたし、コップを放り捨てテーブルにぶつかり再びごみ箱を倒して、佳拓ちゃん達のいる部屋へ駆け込んだ。

「佳拓ちゃん、どうしよう。あたし、アル中になっちゃった」

おっそろしいものが見えたのだ。

「空に凄く大きな魚が浮いている幻覚がみえんの……」

「キティ、おい」

佳拓ちゃん、慌てて窓の方へ駆けてゆきながら、こうどなる。

「だって……」

と、キティは消えいりそうな声。おじょうさんは顔面蒼白《そうはく》になってつっ立っている。で、いかにあたしが鈍《にぶ》いとはいえ、ことここに至って、ようやくあたしにも話の筋が見えてきた。

みんなお魚にでも何にでも食べられちゃえばいいんだわ。

ねえ、キティ、二つめのお願いなの……。

おじょうさんの台詞が思いだされた。でも……でも、まさか、そんな！

きっと酔ってるせいだわ。だって、足許がふらふらするもの。

酔っていたせいか、理性が現実と直面するのを拒否してどこかへ行っちゃったせいか、とにかくあたしは、その場で崩れるように眠りこんでしまったのである。

☆

白《しら》けた陽の光が、窓から射しこんでいた。目をあけてまず、あたしはあたりが明るいことに驚いていた。

あたしの誕生パーティとかいうのが始まったのが午後三時。五時位からウイスキー飲みだして、で、あたしが原稿ボツにした話をしたのは六時をまわるころだったと思う。とすると。今射しこんでいる陽の光は。

うわ、あたし、無断外泊しちゃったんだ。いくらおじょうさんとキティが一緒だとはいえ、男の人の家に。どうしよう。

慌てて立ちあがる。見まわすと、おじょうさんも佳拓ちゃんもキティも、目をあけていた。

「おはよう」

みんな、起きてるなら、あたしのことを起こしてくれるなり何なりしてくれればいいのに。とにかく、水を飲もう。無性《むしょう》にのどが渇いている。

「……おはよう」

三テンポ位遅れて、佳拓ちゃんが何とも救い難い沈んだ声をだした。で。その声を聞いたとたん、あたしは突然、ゆうべのことを、はっきりと思い出したのだ。

「さ……さかな、まだ、いる？」

慌ててキッチンの窓の処へ駆けてゆく。空には……魚なんて浮いていなかった。は、良かった。

「ひろみ、あんたが徒《あだ》な期待抱《いだ》くと可哀想だから言っとくけど、魚、夢じゃないぜ。地球は自転してるだろうが」

そうか。夜見えた魚さんが、早朝に見える筈、ないんだ。

「夕方になればまたあの魚が見えるようになるよ」

「あの……さ、で、ひょっとしてあたし達、あの魚に地球ごと食べられちゃうわけ？」

「一ヵ月後にね」

一ヵ月！　あの魚さん、一ヵ月かかって、のたのたのたのた地球追いかけてくるんだろうか。陰湿《いんしつ》。いっやらしい。……でも、くじけてばかりはいられないので。

「ね、キティ、まだ三つめの願いっていうの、残ってるんでしょ」

「願いの取り消しはきかないってさ。あのグッピーは、地球を喰《く》い終わればすぐ消えるけれど、それまでは絶対消せないそうだ」

佳拓ちゃんがのたのたと口をきく。

「じゃ、軌道の修正は？　ひたすら魚から逃げるのよ、地球ごと」

いろいろ良からぬ影響は出るだろうけれど、とりあえず、助かることのみ考えればいいや。

「そうしたら、あの魚が速度あげて追いかけてくるとさ」

捨《す》て鉢《ばち》な佳拓ちゃんの台詞。

「そんな……じゃ、あの魚ふっとばせない？」

「あの魚ふっとばすことは、間接的に二つ目の願いの取り消しになるから駄目だって」

……は。あたしはため息一つつくと、疲れきった佳拓ちゃんの顔をみつめた。しばらくして、絶望が何とかおさまると、今度は理不尽な――自分でも判ってる、これはやつあたりだって――怒りが、わきあがってきた。

「佳拓ちゃん、あんたいつから悪魔の代弁者になったわけ。そんな……そんな悟《さと》りきったみたいな顔して、地球があんなお化け魚に食べられちゃっても平気なの！」

「ひろみ」

佳拓ちゃん、珍しくきつい声を出す。

「あんたの意識がとんずらこいちまった後、俺とおじょうさんはぽけっと起きてたわけじゃないんだぜ」

……それも、そうか。

「……ごめんね。……で……どうなの」

佳拓ちゃんは、肩をすくめてみせた。昨日から数えて何本目なんだろう、吸いさしのハイライトが、灰皿の吸殻《すいがら》の山の上で、所在なげに燃えていた。一ヵ月、か。

「辞世の句作るには時間がありすぎる位ね」

あたし、のそのそとこう言った。言ってから、今の、変に醒《さ》めきったような感じ、さっきの佳拓ちゃんの喋り方にそっくりだと思った。昨日のお酒がまだ残ってんのかしら。体中の血がとろりと粘性を帯び、ゆっくりと、ゆっくりと血管中をうごめいているような気がした。おだやかな倦怠《けんたい》感。

自殺する気なんてのはなかった。でも、死が不可避なら、従容《しょうよう》としてそれに従っちまってもいいや。そんな気分だった。死んでしまえば、もう悩むことなんか、何もないじゃない。

「辞世の句……」

おじょうさんがぞっとするような声をだした。

「どうしよう……ごめん、ひろみ、ごめん、佳拓ちゃん……あたしのせいで……あたしのせいで……あたし、どうしよう」

しまった、おじょうさん。さっきから彼女黙りっ放しだったので、あたし、ついつい辞世の句なんて言っちゃって……この台詞でおじょうさんがどんなに傷つくだろうか、なんて考えるの、忘れてたのよ。

「ごめんね、本当にごめんなさい。あたし、あたしどうしたら……」

昨夜《ゆうべ》っから泣きっ放しだったに違いないまっ赤《か》な目。

「さて、と」

と。佳拓ちゃんが急に立ちあがった。

「どうしたの？」

「ん？　あの魚、何とかしなきゃな」

「何とかって……」

あたし、目をむく。さっきまでの倦怠感一杯の佳拓ちゃんは一体どうしちゃったんだろう。

「いいか、おじょうさん、俺にまかせとけ。何とかしてみせるから。あんたは少し寝ろよ。昨夜から一睡もしてないじゃないか」

「佳拓ちゃんも全然寝てないでしょ」

「俺とあんたじゃ、体格も体力も全然違うだろ。ひろみ、おじょうさんについててやってくれないか。後頭部ぶんなぐってでも眠らせろ」

「うん、判った」

「あたしなら大丈夫よ。心配しないでね」

おじょうさんはこう言うと、健気《けなげ》に笑ってみせた。

「で、佳拓ちゃんはどこへ行くわけ？」

「ちょっと、な。心あたりがあるから」

ちょっと、な、か。本当はあてなんか何にもないくせに。おじょうさんの心の重荷を軽くしようとして、いいかげんなことを言ったくせに。

佳拓ちゃんはドアを閉めた。おじょうさんは、枕の上に頭をのせる。すると。頭が枕につくや否《いな》や、おじょうさんは寝息をたてだしたのだ。

「お・ま・け」

キティがこう言って片目をつむる。

「彼女この先、夢の中でしか安らかな生活おくれないんじゃないかと思うから……」

彼女がそんな風になっちゃったのは、あの巨大な魚のせいじゃない。そう言いかけて口をつぐむ。キティは悪魔なんだもの。自分の仕事——知的生命体を滅ぼすこと——を遂行するのがあたりまえで、今のキティみたいに人情味がある方が、むしろ、おかしいのだ。

「そうなんですよね」

彼女、あたしが口の中でもぞもぞ言ったことの意味を悟ったらしい。

「あたくし、駄目なんですよね。堕悪魔《だあくま》って言葉はないけれど……妙に人間染みてるでしょ。悪魔としては三流なんですよね」

「そんなことないわよ」

あたし、思わず大声を出し、それから慌てておじょうさんを見る。大丈夫、おじょうさんはぐっすり眠っていた。

「そうなんですよ。なんせ、壜に封じこめられるような、駄目な悪魔なんですもの」

「ね、何で壜の中なんかに閉じこめられてたわけ？」

それを聞いてどうしようという意図もなく話しだす。おじょうさんの寝息を聞きながら黙ってるなんてこと、あたし、とてもできなかったんだもの。

「いろいろと失敗してしまったから」

キティ、ふっと遠い処を見るような目つきをする。

「今にして思えば、あたくしあの頃、少しはりきりすぎていたんです。あたくし、まだ新米の悪魔で、それに運もあまり良くなくて、なかなか呼び出してもらえなかったんです。だから、早く、自分の力を使ってみたかった……。で、少し、あせったんです」

百年位前、初めて呼びだされたキティは、喜びいさんで三つの願いを叶えてやった。

が、どうもその頃からキティは人間運が悪いらしく――つまりは、人を誘惑するのがあまりうまくないってことなんだろうけど――ろくな願いを言ってもらえなかった。だんだん苛々してきたキティちゃん、ついにゲームのルールを破り、彼女を呼び出しもしない人の願いを、二、三回叶えてしまったのだ。

キティが叶えてやった願い自体はとるに足らないものだったらしい。でも、ルールがあるからこそゲームは成り立つのであって、その根本を犯した以上、キティをそのままにしておくわけにはいかない。かくてキティは、あの水色の壜の中に封じこめられ、誰かが助けてくれるまで、海の中をただよい続ける破目になったのだ。

「でも……じゃあいいの？　悪魔を呼びだしたんじゃないあたし達の願いなんかきいちゃって」

できればなしにしてもらいたい。

「ええ。壜から出たら、腕だめしがわりに、助けだしてくれた人の願いを三つ叶えてあげて、その時どんな願いを叶えたかによって、あたくしの評価が決まることになっているんです」

それであんなに必死になって、三つの願いを言わせようとしたわけか。

「とすると、あなたの将来は安泰なわけか。地球一つ滅ぼすような願い、言わせたんだから」

「ええ、まあ……多分」

なんか、話を聞いているのがたまらなくなってきた。

「お茶いれたら飲む？」

立ちあがって、昨夜のままになっているテーブルの上のものを、キッチンへ運んでゆく。プリンス・オヴ・ウェールズの缶をとりあげ、それから思いなおす。二人なんだから、ティバッグでいいや。

ポットのお湯をやかんに移して、ガスの火をつける。木製のタイルが碁盤《ごばん》の目のようになっているキッチンの床の上に立っていたら、奇妙な錯覚《さっかく》にとらわれた。所詮《しょせん》、チェスの駒なのよ。詰められたからって、指し手に喰ってかかっているキングの像が目にうかんだ。指し手を睨みつけているキングのイメージは、実に滑稽《こっけい》で、実にもの哀《がな》しかった。

「どうもありがとう」

あたしとキティは、黙ってお茶を飲んだ。今日のお茶はあまりうまくはいらなかったみたい。濃すぎるわ。

所詮は駒にすぎない、か。キティを責めてみたってどうにもなることじゃない。彼女は自分の仕事をしただけなんだ。それに、考えようによっては、彼女だって一種の駒じゃない。あたし達より格が一つ上であるだけで。ポーンがキャッスルにやられたことを怒っているみたいなもんだわ。ん、まてよ。キティなら、キャッスルじゃないや。赤の女王だわ。突然、鏡の国のアリスに出てくる赤の女王の絵を想い出す。

「ん？　何か？」

あたしの顔を見ていたキティ、微妙な表情の変化をすぐ見てとり、こう聞く。

「ちょっとね……。今、あたし達ってまるでチェスの駒みたいだなって考えてたの。そしたら想い出したんだけど、鏡の国のアリスって話があるのよ。その中にチェスの駒の赤の女王が出てくるんだけど、その赤の女王、実はアリスが飼ってる仔猫で、キティっていうのよ」

不得要領《ふとくようりょう》な顔をしているキティ。彼女のそんな表情を見ていたら、ふっと心のどこかで警報が鳴った。

うん……と、何だろう。今、あたし、何か考えつきかけたのよ。とっても大切なことを。えーと……。キティ——チェスの駒——赤の女王——Red Queen ……あ、判った。白の女王よ、ホワイトクイーン。

もしあたしがチェスの駒で、今、赤の陣営にやられそうになっているとしたら、当然、白の連中が助けてくれなきゃいけないわ。

地球が悪魔によってぶち壊されるとしたら、当然、天使が助けてくれなくちゃ。そうよ、天使。天使は何やってるのよ、天使は。

「キティ！」

あたし、思わず大声で叫んじゃった。ああ、よかった。何はともあれ、ハッピーエンドだ。悪魔の三つの願いに対して、天使は一回しか魔力を使えない、か。うふ。でも。一つで充分。あの目障《めざわ》りな魚さえ消してもらえればいいんだもの。

「天使ってどうやって呼びだすの？」

「天使って呼びだすものじゃありませんよ」

「だって、悪魔の三つの願いに対して、一回魔力が使えるわけでしょ、天使は」

「ええ……まあ」

「呼びださなきゃ、どうやって出てくるのよ」

「……ごめんなさい、それはちょっと教えられない」

「じゃ、キティ、三つめの願いよ。天使と連絡とる方法、教えて」

キティの顔が〝そんな〟とでも言いたげにゆがむ。

「これはあなたの言っていた願い事の条件から、はずれてないでしょう？　さあ」

「……天使は普通、呼びださなくても、自分から出向いてくるものなんです、悪魔が願いを叶えてやった先々に」

キティはしぶしぶ話しだした。でも、あたしの処、天使来てないよ。

「あなたの行く先に現われる筈の天使は？」

「……水色の壜に封じ込められたままです」

そういえば。あの時確か、壜から出てまずキティがしたのは、あの壜に栓をすることだっけ。

それを想い出したら、急にあたし、キティに腹がたってきた。ずいぶんじゃない。出る時は自分だけとっとと出て来ちゃうなんて。

あたし、ひょっとしたらキティのこと、わりと好きになってたのよ。悪魔だからあたし達に、三つの願いがどうのこうのなんて言うけれど、でも、本質的にはいい人だと思ってたのよ。ふん、見損《みそこな》った。

あたし、少し濃いお茶を一息に飲みほすと、ショルダーバッグを肩にかけた。

「あの海岸に行くんですか」

キティに返事なんてするものか、とは思ったものの、やっぱり後のことが気がかりなので。

「佳拓ちゃんが帰ってきたら、テーブルの上のメモ見ろって伝えてくれない……握りつぶしたりなんてしないでよ」

「その必要はありませんよ」

キティ、あたしの台詞に傷ついたみたい。なんだか淋しそうな声。あたし、良心が、少し疼《うず》く。

「佳拓さんなら、さっきっから何するでもなくこの辺うろつきまわっていますから」

「そう」

あたし、ドアを開けて――それから、おじょうさんのことを思い出す。

「木暮美紀子さんなら大丈夫。今日のお昼一杯、目を醒まさないし、あたくしがついててあげますから」

このキティの台詞を聞いて、あたしの心はさらに疼いたけれど……けれど、どうしようもないじゃない。

☆

キティの言うとおり、家を出るとすぐ佳拓ちゃんに出喰わした。

「あれ、佳拓ちゃん。心あたりはどうしたの」

昨日、原稿のことで苛《いじ》められたから、少し苛めかえしちゃう。

「ひろみ。いい趣味じゃないよ」

「判ってる。うふ、あのね……」

さっきの天使の話を教えてあげる。とたんに、佳拓ちゃんも、表情をぱっと変える。二人して、嬉々《きき》と駅へ向かう。心の重荷がなくなったものだから、あたし、昨日から佳拓ちゃんに言いたい言いたいと思ってたことを喋りだす。

「あのね佳拓ちゃん。昨日の話なんだけれど……あなた、自己嫌悪に陥ってる暇があるならもっといい作品書けって言ったでしょ」

「言ったよ。実際そうだろ」

「そうじゃない。佳拓ちゃんみたいに才能があったり、おじょうさんみたいに強い人ならそうかも知れないけれど……あたし、弱い人間だもの。情無い人間だもの。自分を見失いもするし、自己嫌悪にだって陥るもの」

「そりゃそうだろう。俺だってそうだもの」

「え……？　だって、佳拓ちゃん……」

「自己嫌悪に陥るなとは言わないよ。俺が言いたいのはね、そんなことばっかりぐちゃぐちゃ考えたり、宣伝してまわったりしなさんなってことなんだよ。そんなことしたって、誰も慰めちゃくれないぜ」

「あなたは慰めてくれないだろうけれど、おじょうさんとか山崎君なら、きっと慰めてくれるわよ」

「あんた、それで慰むと思う？　誰がどう言ってくれたって、所詮あんたは一人なんだよ。落ちこんじまったら、自分ではいあがんなきゃ立ち直れやしないんだから。仮に俺が手を貸してやって、ひっぱりあげてやったとするだろ。そしたら何か、あんた一生俺にひっぱってってもらうのか？」

「そんなもんですかね」

なんか、うまくまるめこまれたみたい。気持ちが釈然としない。

「そんなもんだよ。それに、おじょうさんは、あんたが思ってる程強い人じゃない。あいつ、俺達の中で一番神経もろいぞ、多分。気をつけてやらないと、いつか折れる」

「嘘お」

「嘘じゃないよ。あいつ今朝から何回〝大丈夫よ〟って言ったと思う。あれがあいつの強がりの限度だよ」

「あたしじゃとてもあんな風に強がれないもの。彼女、あたしの何倍も強くて立派よ」

「おいおい、何て日本語だよ、ひろみちゃん。いいか、強い奴が強がると思う？　おじょうさんは、自分がすぐくじけるのを知ってるから、いつも目一杯虚勢をはってるんだよ」

虚勢ね。そうかしら。

「現に、あんたは何だかんだ言いながらも、現実に対処してるだろ。それに、あんたの意識は、自分が受けいれることが不可能な事態に直面すれば、すぐ逃げだしちゃう――」

「それ皮肉？」

「違うよ、ほめてんの。あんたの精神が健康で強靭《きょうじん》だってことだもの。俺の表現が素直じゃないっての、知ってんだろう」

それは知ってる。

「それでね……こんなことはあまり言いたくないんだけれど……俺もそろそろ限界なんだ。俺の神経も、これ以上もちそうにないんだよ。だからこの先、俺、おじょうさんの心配しかしてやれないと思う。あんたは、俺が気を遣ってやらなくても、自分で何とかできるだろう」

返答に困る。あたしだって、限界よお。

「信頼してるから」

殺し文句だ。

「……判ったわよ、仕方ないな」

……あたしも、強がっちゃった。虚勢はっちゃった。

「おじょうさんの強がりは、強がってみせるところが限界なんだよ。大丈夫よって言ってみせても、つまりは大丈夫じゃないんだ。その点あんたは、大丈夫よって言ってみせたら、何とか本当に大丈夫にしちまえるだろ」

「…………」

「ほんっと佳拓ちゃん、口が上手《うま》いわねえ」

「ああ。どっちが作家志望なんだかな」

なんつう台詞よ。もう。

☆

壜が見つかるのと、壜を見つけるのには、雲泥《うんでい》の違いがあるってことが、すぐ判った。おとといと同じ海岸、おとといと同じ浜、おとといと同じメンバー。なのに、壜だけがみつからない。

「やだ、そろそろ暗くなっちゃう」

夕方四時ごろ目を醒ましたおじょうさんは、あたし達と合流していた。キティは、三つの願いも叶えたことだし、これ以上一緒にいると感情がもつれるのみだという理由で、いずこともなく消えた由《よし》。で、そんな話を聞くと、なんていうのかな……罪悪感。

「夜になったら、今日の仕事は中断せざるを得ないな」

と、佳拓ちゃん、のそのそ言う。でも、一ヵ月のうちに見つければいいんだから。さっきまでの救いようのない感じよりか、ずいぶんましよ。

で、あたし達が壜を探している間、世間一般は何をしていたのかというと……今朝からＴＶのニュース等は、もっぱら、あの魚の話ばかりわめきちらしていた。勿論、何であんなものが宇宙空間に出現したのか誰も知りはしないが、このままでいればどういうことになるかは、きちんと予想がついたみたい。どこのニュースも、莫迦《ばか》の一つおぼえみたいに「あの物体が今の速度で近づいてくれば、あと一ヵ月で地球はあれに衝突します」と繰り返していた。

それで、今日の午前中一杯位、街はなんだかんだでごたごたしていたのだけれど、夕方近くになると、人々は意外におとなしく、平生の暮らしに戻ってしまった。無理もないって言えば、無理もない。あたしだって、事情を知らなければ、TVがいくら地球と魚が衝突しますって言ったところで、信じやしないもの。大体、魚——あたしの見たてでは、どうもグッピーらしい——が地球を食べるなんて、いささか話が莫迦莫迦しすぎる。

でも、残念ながら、これが笑い話じゃないってこと、あたし達はよく知ってたんだ——。

☆

二日が過ぎた。壜は相変わらず見つからなかった。佳拓ちゃん、暗くなったら壜探しは中断しようなんて言ったくせに、結局二日の間、ほとんど休みはしなかった。日にほんの二、三時間、乾いた処でうとうとするだけ。あたしとおじょうさんも、大体同様だった。食事だって、誰か一人が近所の店へ行って、パンと牛乳を買って来る程度だったから……あたし達三人、かなりやつれて、不健康の見本みたいになっていた。

で、あたしはこの間、少し驚いていたのよね。相変わらずあたし、心の表面では、〝死が不可避なら、それを受け入れちゃった方が、いっそせいせいしていいや〟なんて思っているのね。多少、鬱のせいもあって。〝でも、こんな風にして死ぬんじゃ、おじょうさんがあんまり可哀想〟なんて理由で、必死になって墑を探している――つもりだったのよ、今までは。でも、それって嘘だわ。嘘って言葉が悪いなら、単に表面でそう思っているだけって言ってもいい。本当はあたし、死ぬのが凄く怖いんだ。なんだか死んだらとてつもなく淋しくなりそうで、嫌なんだ。本当はとっても死にたくないんだ。

で。〝あたしは本当は何が何でも死にたくないんだ〟ってことが判ったら、一種奇妙な、何とも表現のしようがない感情が、あたしを襲った。この表現が正しいのかどうか判らないんだけれど、あたし、実は今まで、〝いっそ死んでしまえたらどんなに楽だろう〟って思うことに、一種の優越感を抱いていたんだわ。あたしの悩みは死を考える程深いって思うことに、優越感おぼえていたのよ。そして。これ程深く悩んでいるんだからっていう理由にならない理由で、ずいぶん自分を甘やかしていたのよ。

今は何が何だか無我夢中《むがむちゅう》で体を動かしているからいいんだけれど、この件が終ったら、きっとまた救い難い自己嫌悪に陥るんだろうなあ。

けれど。あたし、その日を夢みちゃう。あの水色の壜を探しだし、天使を出してあげ、グッピー消してもらう日を。たとえその後にどんな凄《すさま》じい自己嫌悪が待ち構えていようとも、それでハッピーエンドだものね。一応。

そして。夢は意外に早く叶えられそうになったのだ。

☆

八月十一日の夕方。ついに壜がみつかった。どうやらあの後、壜は海の中へ落ちたらしい。波間に壜の上部がちらりと見えた。

「良かったな、あの壜拾った先客がいなくて」

「この海が汚れてて良かったわ。なまじ青かったら、きっとあの壜、見えなかった」

「良かったあ。これで遠からずハッピーエンドだあ」

まるでかなづちのおじょうさんが陸の上に残り、あたしと佳拓ちゃんが海へはいることになった。おじょうさんは、例の壜が見えるたびに、陸から位置を知らせる役目。で、あたしは、サンダルを脱ぎ、おそるおそるその水にはいっていった。

病気にならなかったらめっけもんよ、本当。何、このぬめっとした水。これがどうして海なのよ。海のふりしたドブじゃない。

「ぶつぶつ言わん方がいいぞ、水飲むから」

あたしの少し先を平泳ぎで泳いでいる佳拓ちゃんが、言った。

「もう遅い。ずいぶん飲んだ」

うー、気持ち悪い。

☆

「だいぶずれてるわよ。もっと右」

おじょうさんの声が聞こえる。右、ね。

「お、あった。あれだ」

「どれ」

「もう見えなくなっちまったよ。とにかく、あっちだ」

佳拓ちゃんの進む方へついてゆく。と、足が何か堅い物に触れた。ここ、岩があるんだわ。気をつけなくちゃ。

「あ、あれ」

あたし、叫ぶ。見えた、壜だ。それも、ほんのすぐのとこ。思いきって右手を伸ばす。

もうちょっと。今、あたしの右手、水の中で壜に触れた。ゆっくりと、今度は両手を伸ばす。壜を手の中に抱える。とたんに顔が水中に没し、相当水を飲んでしまい咳《せき》こむ。でも、こうなった以上、意地でも壜を放すもんですか。

「きゃあ、ひろみ、やったあ」

陸地でおじょうさんがはしゃいでる。あたしは壜を右手でつかみ、バランスをとりなおし、ゆっくり体の向きをかえる。佳拓ちゃんが、軽くあたしの額《ひたい》をつっついてウインクする。

うっふ。よかったあ。あたし、ハッピーエンドへ向かって、力一杯泳ぎだす。思いっきり水をける。と。とたんに。

「あ、いたあ」

足を何かにぶつけた。思いっきり何か堅い物をけとばしちゃった。左足の膝《ひざ》から下がどうしようもなく痛い。バランスがとれなくなって水の中に沈む。また水を飲んじゃう。うー、気持ち悪い。あ、壜。畜生《ちくしょう》、死んでもこれだけは放すもんか。余計なもの抱えているから、なおさらバランスがとりづらい。足がつかない。左足をちょっと動かしただけでも凄い痛み。あ、駄目、沈む。息が続かない。

「おい、大丈夫かよ」

佳拓ちゃんの姿が見えた。夢中でしがみつく。

「莫迦。しがみついちゃ駄目だ。二人して溺《おぼ》れるぞ」

何も考えているゆとりがなかった。動悸《どうき》が凄い。体中脈打っているのがよく判った。鼻から水を吸いこんでしまう。

キティのイメージが突然うかんだ。キティったら悪魔のくせに、あたし達に嫌われるのがとてもつらそうだった。あたしも、うちのグッピーに嫌われたら、さぞつらいだろうな。そんなことを、ふと、思った。

「お・ま・け」

こう言っておじょうさん寝かしつけてくれた時のキティの表情が、まざまざとうかんだ。そして、それが、あたしの心の中にひろがった、最後のイメージだった。あとは、ただただひたすら赤――。

☆

すっごく、寝苦しかった。胸がむかむかしていた。足が痛い。

「ひろみ。ひろみってば」

誰かがあたしを呼んでいた。何よお。あたし、眠いの。

「ひろみってばあ、ねえ」

「放っといてやれよ。疲れてんだろ」

そう、疲れてんの、放っといて。

「だって、こんなびしょ濡《ぬ》れじゃ、風邪《かぜ》ひいちゃうよ、この子」

「死にゃしないから大丈夫だよ。俺も疲れた。少し寝たい」

「嫌だ佳拓ちゃんまで、こんなとこで寝ないでよ。……ちょっとお」

騒がないでよおじょうさん。あたし、眠いの。気持ち悪いの。吐き気がするの。足が痛いの。嫌だなあ、何でだろう。何かが頭の片隅にへばりついていた。壜って単語。壜……一体、何だっけ。

疲労感の波があたしを再び飲みこむ。

お・ま・け。誰かがそう言って微笑んだ。長い黒髪の美女だった。誰だっけ。この人。キティ——キティとかいうんだ。そのキティって人の微笑があんまり素敵だったんで、その人の面影《おもかげ》が消えてしまった後も、その微笑の印象のみが、心の中に残っていた。キティ——仔猫、ね。そうかあ、きっとあの人、チェシャ・キャットの親戚なんだあ。

うすれてゆく意識の底で、あたし、自嘲《じちょう》していた。何莫迦なこと、考えてるのよお。あたしって、ほんっと……。

再び、闇《やみ》。

☆

今度気づいた時は、さっきよりずっと意識はまともだった。寒い。思わず自分の肩を抱く。服がびっしょりと濡れているのが判った。

「ひろみ、やっと目を醒ましてくれたあ」

おじょうさんがうれしそうな声をだす。あたりはすっかり暗くなっていた。

「今、何時？」

「そろそろ八時をまわるのよ」

海にはいったのが四時前後。うっわあ、もうそんな時間か。突然意識がはっきりする。

「壜は？」

「ほら」

渡された壜は、何やら暖かい肌ざわり。

「あなた最後までしっかりとこれ握りしめてたわよ」

ああ、良かった。

「ねえ、佳拓ちゃんは？　あたし、彼にお礼言わなきゃ」

聞く必要なかった。隣で寝てるわ。

「お礼？」

「うん。あたしを助けてくれたの、彼でしょう？　まさか、おじょうさんじゃないわよね？」

「助けるって何を」

「あたし途中で溺れたじゃない、岩に足ぶつけて」

「うん。でも、あなた自分で泳いで帰ってきたわよ」

「嘘お。あたし、佳拓ちゃんにしがみついた後、意識ない」

「心配したんだから。急にあなたが溺れて、で、佳拓ちゃんに抱きついたまま、二人して沈んでっちゃったでしょ。あたし泳げないし、どうしようかと思ったわよ。でも、結局、二人共ちゃんと泳ぎだしたじゃない。陸へ上がるや否や、濡れたままの格好で寝ちゃって」

まさか。まさか、でも。あたしの心の中に、再び、長い黒髪の女の微笑のイメージがうかんできた。でも、どうして？　もしキティがあたしと佳拓ちゃんを助けてくれたのだとしたら、それなら確かに辻褄《つじつま》は合うわよ。あたしは気を失う寸前に、キティの「お・ま・け」って声を聞いたような気がするし、でも、どうして。どうしてよキティ。あたし、壜を手にいれたのよ。天使出せるのよキティ。せっかくの大金星はどうなるの。

あなたと佳拓さんが死んでも、木暮美紀子さんが別の人を連れてきて、きっとあの壜を回収したでしょ。同じことですもの。

キティの声が聞こえたような気がした。

だからあたくし、いつまでたっても三流の悪魔でしかないんだわ。

そんなことない。あたし、心の中で、何度も何度も、その台詞を繰り返した。それから、ふと、とんでもないことに気づく。あたし、水槽の魚見て喜んでたの、最初のうちだけだった。あとはとってもつらかったんだ。魚見るの大好きだったけど、つらかったんだ。いつも、いつも、罪悪感もってたんだ。もし、もし、キティが……。

☆

「さて。いよいよひろみ念願のハッピーエンドに到達したみたいだな」

その日の真夜中――というべきか、翌日の朝早くというべきか。あたし達三人、佳拓ちゃんの家に居《い》た。

あの後、びしょ濡れのまま電車をのりつぎ、やっとこの佳拓ちゃんの家へたどりつき、で、今、お風呂借りて服を着がえたところ。佳拓ちゃんとあたしでは体格がまるで違うから、おそろしい程ダブダブだったけれど、でも乾いているだけまし。濡れた服を着て寝たものだから、あたしは完全に熱を出していた。脈が百十八ある。

「さてと」

佳拓ちゃんはいささか勿体《もったい》をつけて、壜の栓に手をつけた。つめをひっかける。相変わらずあきにくい栓らしく、少しの間、壜をつめでひっかく。何やってんのよ、なんて言いたくなった頃、ようやく栓があいた。前回と同じく小さなものが転がり出てきて、床につくや否や、それはまた人の形になっていった。

キティとはだいぶ印象が違うや。きつくウェーヴのかかった金髪、意志の強そうな目、くっきりとしたあごの線、そしてまっ白の翼。

「あ……の、天使さん、でしょ？」

「そうよ」

天使さんの声は、キティよりずっときつい調子だった。

「実は……」

佳拓ちゃん、今までの事情を説明する。天使さんは、顔をしかめて佳拓ちゃんの話に耳を傾け、で、グッピーが空に現われた理由を聞いたところで、ありありと不快の意を表明した。

「まったく、こんな連中を長もちさせなきゃいけないんだから、楽じゃないわ」

おじょうさんが面《おもて》を伏せる。あたし、どなりだしそうになるのを我慢する。

「俺だって、あんたなんかの世話になりたかないけれど、この場合仕方ないんだ。あんただって、俺達を長もちさせるのが仕事なんだろう。早くあの魚、何とかしてくれよ」

佳拓ちゃんがあたしの気持ちを代弁してくれた。

「だから腹たててるんじゃない」

天使さん、苛々とこう言う。

「絶望的なんだもん。あなた――おじょうさんとか言ったわね、何だってこんなやっかいな願い事したの」

「ごめんなさい……酔ってたから」

「ごめんで済めば警察はいらないって、人間界の常套句《じょうとうく》があるでしょうが」

あたし、もう駄目、怒り心頭に発しちゃった。

「じゃ、天使さんあんた、警察使ってこの事態何とかできるっていうの」

天使さん、返答に困ったたって様子で口をつぐむ。あは、ざまみろ。

「まあ……あたしの口のきき方も悪かったわ」

しばらく黙った後、天使さん、わりと簡単に折れる。

「事態があんまりやっかいだから、腹たてちゃったのよ。今更《いまさら》こんなこと言っても仕方ないけれど、あたしの方が先にこの世に出ていれば、これ程ひどい事態にならなくて済んだのに」

「そうよ。本当、今更言っても仕方ないけれど、どうしてあの時、悪魔さんと一緒に出てきてくれなかったの」

「だって、栓をあけたのが、佳拓ちゃんって人だったんだもの」

天使、少し拗ねて。

「どうして俺があけると悪魔が出てきちまうんだよ」

「今回は、二人一組になって相手の邪魔をするんじゃなくて、一人ずつ別々にそれぞれの力を発揮してみるようにって言われてたの。あたし達二人共、ちょっとしたルール違反とミスの為に壜に封じこめられたのね。だから、この世界へ戻る時に、それぞれテストされることになってたの。で、最初に栓をあけたのが男だったらあの子が先に出て、女だったらあたしが先に出ることになってたの……。しっかし、地球を魚に食べさせるなんて……これであの子の現場復帰は確実ね。あたしはどうなるのかなあ。また、壜の中かしら」

え！　え、え、え、ええ！　じゃ、何、キティが天使を壜の中に残して栓閉めちゃったのは、最初からそういう約束だったからなのお？　あたし、どうしよう。キティ、ごめん。あたし、あなたに謝りたい。

「そんな情ないこと言うなよ、天使さん。あんただって、魔力の類《たぐい》、一回は使えるんだろう？　その一回であのグッピー消せば、おあいこじゃないか」

「それができれば、こんなことぐちゃぐちゃ言ってないわよお」

「え！　え、え、ええ！」

あたし、さっき心の中で言ったことを、今度は口にして叫んじゃう。できないの？　そんな莫迦な。冗談でしょ。お願い、嘘だと言って。

「どうして。どうしてできないの」

おじょうさん、すがりつくような目をして天使を見つめる。

「悪魔の三つの願いの直接的な撤回はできないのよ。だって、そうでしょ、それ認めちゃったら、ゲームにならないもの」

「ねえ、何とかならないの」

「何とかって言ったって……大きな宇宙船作って地球捨てるのが最善の策かな」

「宇宙船って、どこ行きの」

「……あて、ないわよねえ。それに、とても人類全員をのせるわけにはいかないだろうなあ。大体、人類だけ助けるってわけにもいかないだろうし……第二のノアの方舟《はこぶね》ってとこかしら」

あてもなく大宇宙にのりだす。人類の大部分を見捨てて。地球を見捨てて。

「いや。いやあ」

おじょうさんが叫びだした。立ちあがる。

「おじょうさん！」

佳拓ちゃんが叫ぶ。おじょうさんは首を激しく左右に振る。意味もなく振る。

「おじょうさん」

佳拓ちゃんも立ちあがると、予想だにしなかった行動をとる。凄い勢いでおじょうさんのほおをぶったのだ。とても痛そうな音が数回。

「おじょうさん、おい、木暮美紀子！　みんなあんたが悪いんだぞ、判ってんだろうな」

おじょうさん、ひくっと息を飲む。

「ちょっと佳拓ちゃん、その言い草……」

「ひろみは黙ってろ。泣くな莫迦」

しゃくりあげるおじょうさんのほおをまたひっぱたく。呆然《ぼうぜん》としているおじょうさんをその場に残し、隣の部屋へ行き、水のはいったコップと薬を持ってくる。

「飲めよ」

「これ、何……」

「飲めってんだよ」

もの凄い迫力。で、薬を飲んだおじょうさんを、そのままのポーズでずっと睨みつけてる。

三十分位すると、おじょうさんが寝息をたてだした。

「……佳拓、ちゃん……」

「ああ、ひろみ、心配かけて悪かったな」

こっち振り向いて煙草くわえた佳拓ちゃんは、もういつもの佳拓ちゃん。

「精神安定剤の類と睡眠薬の類だよ。……罪悪感で気が狂いそうな時は、むしろ、おこってやった方がいいと思って」

壁際に座って灰皿をひきよせる。

「もっとも、どうせあと一ヵ月の命なんだし、狂わせてやった方が、むしろおじょうさん、楽になったかも知れないけどね」

煙草の煙を目で追う。

☆

おじょうさんは寝ていたし、佳拓ちゃんは黙って吸殻の山を築いていた。天使さんは、紙の上に図面をひいて、何やら一所懸命計算をしていた。宇宙船のサイズや定員を決めているみたい。

で、あたしは。あたしはっていうと、ぽけっといろいろなことを考えていた。あいつ、今頃何しているだろう。何の脈絡もなく、電話のイメージがうかぶ。あいつはノアの方舟にのせてもらえるんだろうか。ふいに、ぞくっとした。寒い。ああ、あたしは風邪をひいているんだっけ。寒いや。

誰かにそばにいて欲しかった。誰かに寄りかかってしまいたかった。目の前が急にぼやけた。泣いてるのね、あたし。二、三回、まばたく。涙のつぶが鼻を伝って流れてゆくのが見えた。自分で自分の肩を抱いてやる。胸と下腹が呼吸にあわせて動いている。

お願いだからそばにいて。心の中で呟いてみる。お願いだからそばにいて。あたし、淋しい。あたし、怖い。

腕をとく。左手の小指を、つめから右手の人指し指でなぜてゆく。関節が二つ、これはお茶碗《ちゃわん》かいた時できた傷。そして、緑に透けてみえる血管をたどる。手首に白い輪があるのは、腕時計のせいで陽焼けしそこねた跡。

……何だか存在感にかける腕だな。あたしの腕じゃないみたい。借り物の、まぼろしの腕みたい。

あ、判った。あたし、何で寒いのか。あたし、哀《かな》しい位、からっぽなんだわ。透けて、透けて、あちら側が見える位。中味がないから寒いのよ。

みんなどこへ行ってしまったのかしら。皮膚、筋肉、血液、骨、なんにもない。ここにあるのはあたしの輪郭《りんかく》なんだわ。だから寒いの。だから、誰かにそばにいて欲しいのよ。

なっさけない。誰かが言った。誰か――あたしの声よね、今の。情ない、ひろみ、それじゃあんたって一体何なのよ。

知らない。そんなこと、知らない。あたし、どうしてこんなに空《から》っぽになっちゃったんだろう。小説書けなくなったのも、淋しくて仕方なかったのも、自己嫌悪の繰り返しばっかりやっていたのも、みんなあたしが空っぽのせいだわ。

死ぬのは確かに怖いけれど、これじゃ生きてても仕方ないなあ。また、誰かが言った。うるさいわねえ、放っといてよ。誰かって、あなた、あたしでしょ。あたしのくせに、何であたしにそんなひどいこと言うの……。

☆

そうこうするうちに、朝になった。否応《いやおう》なしに時間はすぎてゆく。

買いおきの煙草全部吸ってしまった佳拓ちゃん、所在なげに視線を遊ばせる。あたしと目があう。

「……コーヒーでも飲みに行かないか」

気弱そうに微笑んでる。あたし、何となくうなずく。ゆきあたりばったり、佳拓ちゃんの家に一番近い店にはいる。平生より少しばかり閑散《かんさん》としている。

「俺、アメリカン……」

「ブレンド、下さい」

しゃべるわけでもなく、ただ座っている。佳拓ちゃんは習慣でポケットを探り、そういえば全部吸っちまったな、なんて呟く。昨日のお昼から何にも食べていないのに、お腹、全然すかない。

ウェイトレスさんがのろのろとコーヒーを持ってきてくれる。あたし、目の前におかれたカップを持ち上げ口をつけかけ、そこで動作を止める。間違ってる、これ、アメリカンだ。

「佳拓ちゃん、逆でしょ」

「ひろみ、ちょっとこれ見てくれよ」

あたしと佳拓ちゃん、同時に声をだす。うわあ。佳拓ちゃんのコーヒーカップの中をのぞいたあたし、仰天《ぎょうてん》する。何これ。確かにアメリカンはアメリカンだけど。紫《むらさき》の花もようのコーヒーカップの底の方の花が、透けて見えるのよ。

「凄《すげ》えアメリカンだなあ。コーヒーの味がほとんどしない」

「あたしのブレンドだって、他の店行けば充分アメリカンで通用するわよ」

あたし、自分のコーヒーを、ブラックのまま一息に飲みほす。まずい。

「ねえ佳拓ちゃん、他の店行こう。あたし、もっとまともなコーヒー飲みたい」

「そうだな。もうじき、コーヒーも飲めなくなるんだからな。ひょっとしたら、これがコーヒーの飲みおさめになるかも知れないし」

コーヒーの飲みおさめかあ。そう思ったら、急に、なんだかたまらなくなった。

「ね、佳拓ちゃん。あたし、コーヒー飲みたい」

「何だよ唐突に。だから行こうって言ってんじゃないか」

「ううん、違うの。違うのよ佳拓ちゃん」

あたし、自分の表現能力のなさがもどかしい。

「あたし、コーヒー飲みたい。海行ってみたい。泳ぎたい。外歩きたい。読みたい本がまだ沢山残ってる。絵、描きたい」

コーヒーの飲みおさめ。そう、これが最後。もうすぐ何もできなくなる。そう思ったら急にやりたいことがわきあがってきた。

それから。いろいろな、いろいろなイメージが、目の前にうかんだ。

秋のはじめのお昼時の公園で見た陽に透けた葉っぱ。うす緑色の葉脈。あたたかい黄緑の葉の中を走るうすい緑の線。

夏休み。田舎《いなか》へ遊びに行って、夜、妹と二人で、星を数えた。百八十位まで、数えた。空に無数の穴があいているようで、寒々しくて、すいこまれそうで……。東京の空とは、星の数が違う。まだ小学生だったあたしは、妹と、怖いね、怖いねって繰り返していた。

小学生の頃、学校のプールの帰りに、よく素足で歩いた。夕暮、快《こころよ》い疲労、暖かいアスファルト。そして体中にまとわりつく、粘っこい夏の夕陽。まるで溶けかけたはちみつの中を歩いているみたいだと思った。体が妙に重くて、ほてって、でも悪い感じじゃない。

この間の夕立ち。傘《かさ》を持たずにいたあたしは、しばらく木陰で雨やどりをしていた。でも、雨があんまり大粒であんまり盛大に降っているものだから、あたし、ついに我慢できなくなって、雨の中を歩きだしちゃった。下着まですっかり濡れてしまうと、今度は逆に濡れるのが楽しくなってきた。わざと水たまりにつっこんだりして。

心の中をかけめぐる数々の景色。なつかしい景色。もう二度とこんなもの、見られないっていうの？　もう二度とこんなこと、できないっていうの？

「あたしの中味が空っぽで、輪郭線しか残ってないなんて、誰が言ったのよ」

「……俺、そんなこと言ってないぜ」

「あたしが言ったのよ」

うふ。確かにあたし、そうたいした人間じゃないよ。ろくな中味、ないかも知れない。でも、あたし、いろいろなこと知ってるもの。いろいろなもの持ってるもの。松本城へ行ったことがある。お城の窓から見た空は、とっても下まで降りてきていて、建物にくっついてしまいそうだった。うすい青を背景に、切り絵のようにくっきりうかぶ建物。

中学の修学旅行では関西へ行ったの。あたし、自由時間、ほとんど月光菩薩《がっこうぼさつ》の前に立ってた。月光菩薩の目を見ていると、なんだか吸いこまれそうな、でも優しい、おだやかな気持ちになれたんだ。

河口湖も行ったこと、ある。坂を登るの。かなり登るの。で、脇道にそれ、お墓の中を歩いてゆく。そして、一つ角を曲がると——急に展望が開けるのよ。急に目の前に何もなくなっちゃうのよ。湖の方へおりてゆく、まっすぐにおりてゆく道があるの。左はとうもろこし畑。右は空地。正面に河口湖——。

あたし、今、判った。あたしって、本当に莫迦だったんだ。そうよ、鬱々とした気分にひたってて、目をつむっちゃう暇があるんなら。あたりを見まわしさえすれば、いくらでも、何かを見ることができるのに。何かを感じることができるのに。

「あたしね。あたしね。今想い出したの。あたし、書きたいこと一杯あるの。一杯」

今、頭の中にうかんだイメージを、適当に二つ三つ口にする。

「あの、ひろみ、まさかと思うけどあんた、坂登って右に曲がると急に展望がひらけて、左がとうもろこし畑で右が空地って小説書くの……かい？」

「まさか」

ふきだしちゃうじゃないの。

「あのね、あたしが言いたかったのは、あたし、この世の中が本当に好きだってことなの。この世界が本当に好きなのよ、あたし。死にたくないんじゃない、生きていたいの」

それだけじゃない。あたし、どうして気がつかなかったんだろう。みんな、いつでもあたしのそばにいてくれたんだ。いろいろな人とのささいな会話が、いろいろな人の仕草が、目の前にうかんでは消えた。そうよ、あなたがいてくれたから、あたし、いろいろなことを感じてこられたんじゃない。あなたが読んでくれるから、あたし、お話作ろうだなんて思ったんじゃない。あたしがどんなにこの世界が好きか、伝えたいから。どんなにあなた達が好きか、伝えたいから。

それだけじゃない。あたし、何だかんだ言っても、自分のこと大好きだわ。自己嫌悪だの何だのって言っても、結局、あたしのこと好きなのよ。あたし、生きているのが好きだから、あなた達のことが好きだから、自分のこと、好きだから——それを表現したいのよ。

立ちあがっちゃった。思わず。

「ひろみ、どうしたんだよ」

佳拓ちゃんが伝票ひっつかんで追いかけてくる。

「文房具屋へ行く」

「何で」

「原稿用紙買いに」

呆然《ぼうぜん》として立ちつくしていた佳拓ちゃん、ワンテンポおいてから、急にふきだす。

「ひろみ、あんたって、本当に単純にできてるんだね。小説書けなくなったとたん鬱になって、鬱状態抜けだしたとたん、小説書きたくなるのか」

それから急に真面目な顔になって。

「水をさすようで悪いけれど、あんた、あと一ヵ月足らずで魚に喰われるっていうの、覚えてる？」

忘れてた。でも。

「グッピーが何よ。グッピーだろうが、ネオンテトラだろうが、ブラックモーリーだろうが、あたしがお話作るの邪魔させやしないわよ。何とかしなくちゃ……何とかするわ」

「何ともなりゃしないよ」

「あたし、何とかなるなんて言ってない。何とかするの、するのよ」

「だから、どう何とかするんだよ」

「……それが問題なのよね」

うー。あたし、その辺を歩きまわる。ひたすら、歩きまわる、とにかく、歩きまわる。

何とか、しなくちゃ。

あの魚は、地球を食べない限り不死身で、地球が逃げればどこまでも追いかけてくる、か。あれえ？　簡単じゃない。

「簡単じゃない」

「何が」

「あの天使さん、まだノアの方舟、作ってないよね」

「うん。確かまだ、図面引いて計算している最中だ」

「じゃ、早く帰ろう。帰って天使さんに助けてもらおう」

「彼女は、あの魚、消せないんだぜ」

「あの魚の口のまん前に、もう一個地球作ってもらうの。地球食べればあれ消えるんでしょ」

佳拓ちゃんはしばらくぽかんと口をあけていて――で、急にあたしの肩をつかむと、荒っぽくゆさぶった。

「ひろみ！　おい、あんたって奴は……。あんた、ずっと躁《そう》でいろよ。ずっと躁でいろよ……」

☆

「うわあ、海じゃなあい」

ちょっと大きな自動車道路を横切ると、目の前に砂浜がひろがる。そして、海。例の水たまり風ドブ的海じゃなくて、青い、潮のかおりのする、海。

「あんたが海見たいって言うから来たんだぜ、おじょうさん。何も海見て驚くことはないだろうが」

佳拓ちゃんは、例によって例のごとく、決して素直な表現をしない。

「だからあたし、驚いてるんじゃない。もしあたしがここで、何だ海かって顔したら、佳拓ちゃん怒るんじゃない？」

「そら……まあ、そうだな」

八月十二日の夕方頃。例の魚に、もう一つの地球喰わせて消した後、あたしと佳拓ちゃんとおじょうさんは、二時間半も電車をのりつぎ、いささかばかり海らしい海へやってきたのだ。天使さんは、これであたし壜詰めにならなくて済むって言って、嬉々《きき》として消えていった。

佳拓ちゃんは、例の水色の壜を持ってきていた。渾身《こんしん》の力をこめて、壜を放り投げる。壜は、大きく弧を描いて、海に吸いこまれていった。

「これで終りだな」

うん。これでおしまいよ。

海の青が静かに心にしみてくる。

これでおしまい、ね。ゆっくりと、ゆっくりと、目を閉じる。

水槽のことを思い出していた。所詮、あたしもお魚と一緒なのよ。あたしの水槽の方が、確かに広いかも知れない。でも、結局のところ、死ぬまであっちこっちを無意味にうろつくだけ。観賞魚なのよ。グッピーがひれを上手に使ってターンするのを見てあたしが喜ぶように、ネオンテトラの色を飽きもせずあたしが見つめるように、誰かがあたし達を見て喜んでる。

それでもあたし、言っちゃうもの。あたし、生きてるの、好きだって。

魚に喰われた地球の上にも、あたしがいたんでしょうね。地球一つ出してって言ったんだから。あそこにも、佳拓ちゃんやおじょうさんや……みんな、いたんでしょうね。あっちの地球のみなさんは、魚に喰われる為にこの世に生を享《う》けたようなもんだわ。

キティに会わず、神様のゲームの話、聞かなかったとしても、どうせ、何故生きているのかなんて判りゃしないのよ。生きる目的なんて、少くともあたしには、判りゃしないと思うのよ。

でも。それでもあたし言っちゃうもの。あたし、生きてるの、好きだわ。

生きてることは素晴らしい、なんて言う気は毛頭ないわよ。生きるって、どっちかっていえば、ろくでもないことみたいだし、いくらあたしがグッピーに同情したって、あたし、さんまを喜んで食べちゃうもの。かといって、あたしがグッピーに対して抱いていた感情を、「偽善よ」なんて言ってせせら笑ってみる気にもなれない。

毎日精一杯生きてみたところで、毎日寝てすごしたところで、死ぬときゃ死ぬのよ。人類がどんなにがんばって、文化遺産なんての作りあげたって、太陽が駄目になればそれでおわりじゃない。

あたし、生きることの意味だの、生きてることがいいのか悪いのかだの、絶対判んない。そもそも、あたしの思考能力の限界を越えちゃってるよ、そんなの。でも、思考じゃなくて感覚なら。生きてるってことが、素晴らしかろうがなかろうが、意味があろうがなかろうが、これだけは確かよ。あたし、生きてるの、好き。

うっわあ。うわ、なんという青臭《あおくさ》さ。さっきの喫茶店のシーンだってそうよ。あたりを見まわしさえすれば、いくらでも、何かを見ることができる、なんて。なんて単純に、なんて優等生的に、納得しちゃうのよ。どうしようもない楽天家ね。

って、これは自嘲。

ふん。楽天家とでも、後生楽《ごしょうらく》とでも、極楽蜻蛉《ごくらくとんぼ》とでも、もう、何とでも言いなさいよ。青臭くったっていいじゃない。あたし、本当にそう思っちゃったんだから。何か文句ある？

って、これは自嘲に対する自問。

ないよ。

自嘲に対する自問に対する自答。あたし、苦笑いしてるみたい。

目をあける。水とじゃれているおじょうさんが見える。そのおじょうさんを見ている佳拓ちゃんが見える。

あたし、ひょっとしたら凄く運が良かったのかも知れない。精神的に参ってた時、べたっとあいつに甘えることができてたら。昨夜、誰かそばにいてほしいって思ってた時、あいつが隣にいてくれたら。あたし、きっとそれだけで満足しちゃって、原稿書きたいって衝動、覚えなかっただろうと思う。甘えたまま、自分は輪郭だけになっちゃってあいつによりかかり、無為に一ヵ月すごしちゃったことだろう。

四日も無断外泊しちゃったんだな、あたし。うちでは心配してるだろうな。あいつ、この四日のうちに、電話してきてくれたかしら。まだいそがしいのかな、でも、いいや、こっちから電話しよう。ぜひ、このグッピーの顚末《てんまつ》を話したいんだ。でも……でも、何て言って？　開口一番〝あたし、あなたのこと大好き。だからお話作るの〟って言ったら、電話のむこうで、あいつ、恐慌状態に陥るんじゃないかしら。

……あたし、判ってる。あたし、それ程単純じゃない。さっき佳拓ちゃんが、〝あんたずっと躁でいろよ〟って言ったけど、あの人、間違ってるわ。あたし、躁状態になれたわけじゃない。今、精神が高揚してるから、一時的に躁なだけ。

これからだってしばらく、鬱っぽい状態が続くと思う。原稿が書けないって言っちゃ悩み、あいつが冷たいって言っちゃ悩み、どうせあたしはゲームの駒よって言っちゃ悩み、あたりを見まわしても何にも見えないって言っちゃ、悩むだろう。もういっそ死んじゃいたい、なんて思うかも知れない。

でも。

指を組んでみる。脈うっているのが、かすかに判る。あたし、自分が生きているのが、何とも言いようがない程、いとおしい。

「何考えてんの」

いつの間にか、佳拓ちゃんが隣に来ていた。

「ふふん、ちょっとね。ね、佳拓ちゃん、あたし、あなたもおじょうさんも大好きよ」

佳拓ちゃん、不審そうに数回まばたきをする。それから、にやっと笑って。

「イギリスの文豪に敬意を表したい気分だ」

「ん?」

「終わり良ければすべて良し」

波の音が、繰り返し繰り返し、いつまでも聞こえていた。


〈Fin〉

あとがき

えっと、あと書きです。

これは、あたしの三冊目の本にあたりまして、十九歳の時に書いたお話です――という文章を、ずいぶん前に書きました。ずいぶん前――でも、考えてみれば、まだあれからたったの三年しかたってないんですよね。とはいうものの。あたし、もう、二十三になってしまいました。

☆

宇宙魚顚末記。これは、あたしが十八のおわりから十九のはじめにかけて書いた作品です。

当初の予定では。あたし、ちゃんとしたラヴ・ストーリーを、書きたかったのです。

えー、何と言いますか、あたし、ラヴ・ストーリーはおろか、ラヴ・シーンですら、書くのがすごく、苦手なんです。苦手——なんてもんじゃないな。とにかくキャラクターが照れるのですよ。もう、筆舌に尽しがたい程、照れて照れて照れまくる。

で。あたしのキャラクターは、どいつもこいつも、照れた場合、大人しくまっ赤になって黙るような行動をとってくれないのです。照れて照れて照れまくって——場の、せっかくラヴ・シーン用に作者が盛り上げてやった雰囲気を、ぶち壊すのですね。すぐにラヴ・シーンをコメディにしてしまう。

で。十九歳当時、あたしは自分のこの癖を改善したいという意欲に燃えていたのでした。今となっては、もう、どうせあたしはラヴ・シーンとは縁がないのよってひらきなおれることですが……当時は、今よか、もうちょっと、真面目だったので。

そこで。あーだこーだ考えた結果、無茶苦茶なことを思いついたのでした。

キャラクター二人だすと、両方、あるいはどっちか片方が照れて、ラヴ・シーンぶち壊すというのなら。最初っから、片方しかださなきゃいいんだわ。いくらあたしのキャラクターがおそろしい程シャイだとしても、よもや、一人で照れまくって場をコメディにしてしまうような器用なことはできまい。

で、考えます。女の子一人でできるラヴ・ストーリー……。

でも。本当に女の子一人が、一人だけでラヴ・ストーリーをやると……これは、ものの凄いナルシストのお話になってしまうのですね。

では、相手の男の子が女の子の気持ちに気づかなかったら――これは、片想いというべきもので、やはり、ラヴ・ストーリーとはいいにくい。

とすると。

ここで。あたし、とんでもないことをおもいついたのでした。

男の子は、女の子の気持ちをちゃんと知っていて、存在していなければならない。で、二人そろうと照れるというなら――男の子を、徹底して、画面からおいだしてしまえばいいのよ。

現代には。存在している人間を、映画であれ漫画であれ小説であれ、完全に画面の外へおいだす、とっても簡単な方法があるんですよね。つまり――男の子は、電話のむこう側にいればいいんです。

で。このお話では、ひろみの彼氏というのは、存在しているにもかかわらず、決して画面にはでてこず、ついでにひろみも照れてラヴ・シーンを破壊したりはしなかったのでした。

ただ。この計画には、たった一つ、誤算があったのですね。

つまり、こういう書き方すると、どこからどう見ても、ラヴ・ストーリーに見えないっ！　のでした。

ねー、どうしてあんな、構成的にはまったく必要性のない、ひろみの彼氏なんかのことが結構しつこくでてくるわけ？　っていう、友達の質問を聞きながら、一人、完全に失敗してしまったラヴ・ストーリーに、ため息をつくはめに、おちいったのでありました。

☆

さて、次。

週に一度のお食事を、は、十九歳の半ばに書いたものです。

吸血鬼とか、魔女とか、狼男とか、いわゆる西洋風の妖怪、あたし、好きです。好き――っていうか、西洋の妖怪は、何か、あんまり、実感として怖くないんですよね。ああいうのは、ばかっ広いお屋敷とか、どこまでも続く森や野原、古城なんていうのがないと、怖くないんじゃないでしょうか。

早い話、団地サイズ三DKにドラキュラ伯が住んでたって、雰囲気として、怖い、じゃなくて、

「あ、ドラキュラさん、困りますよ、燃えるゴミは火曜日の朝にだしてくれなくっちゃ。そりゃ、朝おきられないのかも知れないけど……あれ、放っとくと、うちの方までにおっちゃって」

でしょ。

それに、日本におけるどこまでも続く野原は大抵水田になっているから、そういう処を狼男さんが駆けてても、

「ちょっと！　うちの田んぼ、荒らさないでちょうだいね！」

だと思うんですよね。

古城に魔女さん――とはいっても。松本城の魔女、とか、岡山城の魔女、とか、あなた、怖いですか？

その点、日本の妖怪は、六畳のお部屋とか、柳の木の下の狭い空間とか、お手洗いとか、割と住宅事情にみあったせせこましいところにでてくるので――これは、怖いのです。

故に。あたしのお話に出てくる、西洋風の妖怪さんは、みんな、ひたすら明るく、

コメディに徹してくれるのです。

☆

グリーン・レクイエムは、十九のおわりから二十にかけて書いたお話です。

このお話は、大体、ショパンのノクターンを基調にして作ってあります。ショパンのノクターン。あたし、これ、ピアノ曲の中では、今のとこ一番好きなのです。で——ショパンのノクターンを基調にお話を作ろうと思ったのは、中学生の時にさかのぼります。

中学の——何年の時だったのかな。音楽の宿題で、何か好きな曲について、感想文を書くように、というのがあったのですね。

で。友達は、大体この感想文を、二とおりの方法で片づけていたのでした。

まず、一つ。レコードの解説、その作曲家の伝記等を調べて、その曲は、いつ、どんな風にして作られたのか、その頃その作曲家はどんなことをしていたのか、エトセトラを書く。

でも——これはね。その曲についてのレポートであって、感想とは違うでしょ。

それから、二つめ。音楽史とか楽典とか調べて、この曲の第何楽章のここは、これこれこういう形式で、この形式の特徴はなになにで、この曲においてもどこどこの和音が実に美しくて、どうのこうのって奴。

でも——これもね。たかが中学校の音楽で習ったことだけをもとにして、どの和声の響きがどうのこうの、なんてことが、もし、判るとしたら。あたし、今頃、音楽関係の仕事についていることでしょう。

で。あたしは、その両方共、やらなかったのでした。かわりに。

レコードに、針おとして——目をつむって。で、どんなものが見えたか、どんなイメージがわいたかを、次々書きつらねて文章になおして、提出したのでした。これ以外に感想といえるものはないと思ったし、あとは……はは、この方法だと、何ら参考文献がいらずに、楽だったのですね。

ま、当然のことながら、無残な点数と一緒に返ってきた音楽の感想文を眺めつつ、あたし、まったく別なことを考えていました。これもとにして——お話、できるかも知れない。

そのあと、文章力不足のせいや何やで、ずいぶん遅くなってしまいましたが——やっとできたのが、この、グリーン・レクイエムだったのです。

あ、あと、グリーン・レクイエムについては、もう一つ。

実は、本来のグリーン・レクイエムは、これじゃないんです。本当の、最初あたしの頭の中にあったものは、このグリーン・レクイエムがおわった後から始まります。明日香を殺されてしまった(……ま、ようなもんでしょ)、夢子さんの復讐のお話。それも、そのうち、書きますので……。

☆

では、最後に。

これを読んでくださった皆様に。

読んでくださって、どうもありがとうございました。気にいって頂ければ、嬉しいのですが。

そして、もし、気にいって頂けたとして。

もしも、御縁がありましたなら、いつの日か、また、お目にかかりましょう——。

昭和五十八年九月

新井素子

新装版あとがき

あとがきであります。

昔出していただいた『グリーン・レクイエム』を、また、新装版として出していただける。これは作者にとって、非常にありがたいことです。新しい読者の方に読んでいただければ、そして、このお話を気にいっていただけたのなら、私は本当に嬉しいのですが。

って、書いた後で。ちょっと、思いました。

うーん、うーん、『グリーン・レクイエム』のあとがき？　……また？

ちょっと前に私、過去の作品を柏書房から復刊していただくっていう奴をやっていまして、『グリーン・レクイエム』はその中にはいっていたんですよね。んでもって、この本は、編者の日下さんの意向により、過去のその作品のあとがきをすべて収録するって形になっていまして、その〝あとがき〟が、なんか、変だったんです。四六判のハードカバーで、二段組で四百五十ページくらいある本で……あとがきが、何故か、六十一ページもある。けど……『グリーン・レクイエム』本編は……その本では、六十ページしか占めていないんです……ね。どーすんだ、本文より長いあとがき。(いや、その本は、他に『いつか猫になる日まで』や『緑幻想』って長編を一緒に収録してましたから、『グリーン……』だけのあとがきでこうなった訳ではないんですが。)

こんな経緯があったものですから、『グリーン・レクイエム』って聞いた瞬間、「またあとがき書くのか私」って思っちゃった訳なんです。

でも。今、数えてみたら、私、『グリーン・レクイエム』のあとがき、まだ五つくらいしか書いてないわ。だから、これが、六つ目? まあ、六つくらいなら、書いてもいっかー……って、いや、これが、すでに、変。

同じお話のあとがきを、すでに五つ書いてしまっていることが、落ち着いて考えてみれば、変、なん、です、が。まあ、書いちまったものは、書いちまった訳なんだし。(私は、あとがきを書くのが非常に好きな作家なんです。出版社が変わったり、版が変わる度に、どうも新しいあとがきを書きたくなる。んでもって、そういうのを知っている読者の方の中には、新しいあとがきを期待している方が少しはいるみたい。じゃないと、柏書房版で、過去のあとがきをすべて収録した奴が、受ける訳がない。いや、このシリーズ、日下さんによる「過去のあとがき全収録」が、非常に受けていた感触があるんですよね。と、そんなことを思ってしまえば、私、もともとあとがき書くの好きだったし、これはもう、新しいあとがきを書くしかないでしょう。こうして、訳の判らない循環が始まります。「作者はあとがきを書くのが好き」「読者はあとがきを期待している」「作者は絶対にあとがきをまた書く」「それを読んだ読者はあとがきがないと納得してくれない」……。)

……………なんか、変、なんですが。六つめ、書かせていただきたいと思います。

このお話、書いた当時、何を考えていたのかは、この本に収録されている「文庫版あとがき」が一番正しいと思います。だから、これから書くのは、それから四十年たった〝今〟のあとがき。

今。このお話を読み返してみて最初に思ったのは、「昔の私、五十代六十代の人間を何だと思っていたんだ!」、このひとことに尽きます。

五十代の人間が出てきたら、昔の私、そのひとのこと無条件で〝老人〟だって認識してましたね? いや、文脈からそれが判る。三十代のひとは〝おじさん〟〝おばさん〟だと思っている。だから、書き方もそれに準じている。

まあ、しょうがないかなあ。このお話書いた時、私、まだ、二十歳だったもん。自分が五十になる日なんて来ること想定していなかったし、二十からしてみれば、三十歳だって充分おじさんだ。

でも。いざ、自分が六十になってしまったら。

いや、五十なんて、まだまだ若いじゃん。というか、四十なんて、子供だよ? 今、年下のひとを見ていると、四十代がまったく子供に思えてしまう、「あ、稚い」って思ってしまう私は、何なんだ。このお話で、ただ年が五十越えてるからって、いきなり老人扱いになってしまうすべての登場人物に……あの、ごめんなさい。(ああ。松崎さんまで、すでに私より年下だ。四十年以上作家やってると、こういうことも起こるんですね……。)

それから。今の私、定年になってうちにいてくれる旦那と、毎日一緒に夕飯食べてます。TVなんて見ながら。で、結構よく見るのが、山奥の一軒家を訪ねてゆくっていう番組。これ見る度に私、感動するんですよね。いや、その、一軒家で暮らしている方々の暮らしについてじゃなくて……日本の交通事情に。

こんな山奥の道が舗装されている！　カーブミラーがある！　電柱が立ってる（つまり、電気が来ている）！　すごいな日本。

とはいうものの、やはりとんでもない山奥は、道がどんどん狭くなり、見ているだけで怖くなるような道も多数、でも、そういう道を、地元の方の軽トラは、軽々と疾走してゆくんです。すれ違っちゃったりもします。すごいな軽トラ。世界で一番素晴らしい車って、農家の方や林業の方が使っている軽トラではないのか？　この番組をみる度に、軽トラに対する尊敬の念がふつふつと。

ここでまた話はまったく違っちゃうんですが。実は私、家に自家用車があったことが一回もありません。両親共に免許持っていなかったし、自分が免許をとろうと思ったことは一回もないし（もし私が車を運転していたら、今までに人を殺してしまうか大怪我をさせていたと思う。そんな怖いこと、絶対したくなかったので)、旦那も免許を持っていないひとだったので。

だから、私の文化には、タクシー以外で車に乗るっていう選択肢がありません。どこへ行くのにも、公共交通機関を使って、あとは歩くのね。

まして、『グリーン……』を書いた時は二十歳でしたから、タクシーなんかも使わない、基本的に電車とバス、それ以外は歩く。だから、つい、登場人物もみんな、電車とバス、あとは徒歩って移動手段をとっているんですが……。

ああ、今になって思う。

旧岡田家焼け跡に行く時。信彦さんにレンタカー借りさせたってよかったのにね。

まあ、そうなると展開がまったく違ってきちゃうんですが、今このお話書いたなら、レンタカー、借りさせるよね。(さすがに四十年の経験。今、もし、そういう経緯になったのなら、どうやって周囲の木々の変化に信彦が気づいて、どうやってお話の本線に戻すか、二つくらいあっという間に修正展開を作れるようになってる。)

いや、その前に。岡田善一郎さん、こんな処まで公共交通機関とあとは徒歩で行き来してたんですね。

ああ。せめて自家用車を。素晴らしい軽トラじゃなくても、四輪駆動の車くらいを。なんで私、岡田さんに持たせてあげなかったんだろう。（常日頃の行き来はまだいい。ガソリンを買った時、岡田さん……下手すりゃバスにすら乗れず――大量のガソリンを持ったひとは、多分、バスに乗れない……っていうか、大量のガソリンを持っている時点で、岡田さんがバスを避けると思う――、ひたすら徒歩？　荷物重いのに？）

今更どうしようもないことなんですけれど、ほんっと、岡田さん、お疲れさまでした。作者が物知らずなせいで、登場人物に不必要な労力をかけてしまった……。

「宇宙魚」については、今、私、なんかちょっと誇らしい気持ちになっております。というのは。多分、これ書いた時と今とで、〝気持ち〟があんまり変わっていないから。

今でも、幸せだと、なんかいいことがあると、お話を作りたくなります。

今でも、文章を書くのが大好きです。

今でも、この世界が大好きです。

今でも、落ち込むとお話が書けなくなり、そうなると鬱っぽくなります。

まあ、これは、四十年以上、まったく進歩がなかった、とも言えますが、同時に、

〝お話を書くのが好きだ〟っていう部分だけは、四十年以上、まったく揺らがなかったっていうことだとも言えると思います。

まあその。

結局私、これしかできないんだし……いえ、ううん。

結局、私、これしか、やりたくないんでしょう。

進歩がなかったんじゃなくて、〝揺らがなかった〟。そう思うことにします。

☆

それでは。最後に、いつものお礼を書いて、このあとがきを終わりにしたいと思います。

まず、読んでくださってどうもありがとうございました。あと、このお話には「後日談」があります。というか……本来の、『グリーン・レクイエム』、ですね。夢子さんの復讐談。これ、『緑幻想』というタイトルで、本になっておりますので、この後の展開が気になる方、『緑幻想』を読んでいただけると、本当に私は嬉しいです。

というPRはおいておいて。このお話、少しでも楽しんでいただけたのなら、私は本当に嬉しいのですが。

そして、楽しんでいただけたとして。このお話が少しでもお気に召していただけたとしたら。

もしも、ご縁がありましたなら。

いつの日か、また、お目にかかりましょう——。

新井素子

令和三年二月

旧版解説

新井素子タイプ

秋山協一郎

新井素子が十六歳の時書いた処女作「あたしの中の……」を読んで、へエー、こういう小説もありか、と無責任に面白がった記憶がある。プロの作家になれるかというのは判らなかったが、とにかくかわいらしい小説だという印象が強かった。

私は「バラエティ」という雑誌の編集をしていまして、何かの企画の時、新井さんにインタビューに行った。なんとなく興味があるから、会ってしまおうというだけの理由。

興味というのは、その当時、少女マンガ家がマンガ誌に一ページぐらいでイラスト付き——それも独特な描き文字——で描いていたエッセイとか、読者のお便り欄にある文体に、新井素子の小説が近かった。その文体を駆使して小説を書いた本人はどんな人だろうという好奇心。

ルンルンとかキュンとか、書いた人の心理や気分を擬音や♡マークで表現し、そしてみんな饒舌だった。この文体の起源は少女マンガのファン同士の文通や少女マンガ家へのファンレター、マンガ家が雑誌に書く近況報告のなかで、マンガで表現することを文字に置き換えて使われたのが始めらしい。誰が一番最初かというと、少女マンガ家とファン、あとはその当時の気分を共有していた女の子たち全員といえるだろう。

新井素子の小説を最初に読んだ時は、あっ、ルンルン文体で小説を書いている、なんて思っていたけど、今、もう一度読みかえしてみると、微妙に違う。あの当時の女の子の気分を適確に表現しているけど、ルンルンも♡、アセッマークもない、エッセイには♡マークもちゃんとあるのに、小説にはまったく使用されていない。それでいて雰囲気や気分は読者に伝わってくる。だから、谷山浩子のオールナイトニッポン（深夜のラジオ番組）のマンガ家ベストテンで10位以内に入っていたのだろう。文章によるマンガだというファンの子がいっぱいいるのも判らない訳ではない。私も誤解していたくらいだから。

星新一さんが「あたしの中の……」の解説で、

「なにしろ、文章が新鮮であった。この世代ならだれでも書くという説もあるが、小説に活用したのははじめてだろうと思う。今後だれかが試みれば、新井素子の亜流となってしまうのだ。また、この模倣は、安易そうだが、けっこうむずかしいのではなかろうか」

星さんは新井素子を発見したのはエライと思う。そして新井素子の文章の模倣が容易そうでむずかしいということも、たった一編を読んだだけで見抜いている。あらためて、敬服します。ルンルン文体なら女の子だれでも書くのではないかと疑問が出るかもしれない。しかし、あれはお手紙文で、長い文章には向かない。ほんの少し軌道修正が必要なのだ。現に悪い模倣の見本がこの私です。

私事でわるいのだが、この文章を書くにあたって、新井素子の小説を七冊ぐらい二日で読んだ。そして、一晩徹夜すれば書けるだろう。書けました、たしかに。しかし、読みなおしてみると、話があっちいったり、こっちいったり、何がいいたいのという文章なのです。おかしい、もう一回、新井さんの小説を読みなおして、考えてみよう。こんなことを三日繰りかえした。四十枚ぐらい書いただろうか。ほかの人が書いたこんな文章を読んだら、「あほ、書きなおし」と即座にいうであろう文章になっている。しかたがないので一日ぼんやりして過ごした。判りました。頭が新井素子になっていたのだ。例えば植草甚一の本を四、五冊読んでから、文章書いてごらんなさい。散歩して、喫茶店に入る話から始まるから。あれと同じに影響受けやすい文体なのだ。男が新井素子の文体に影響を受けた文章なんて、脈絡はないわ、気持ち悪いわ、でどうしようもない。それに気がつかなかったもんで、三回も読みなおして深みにはまった。あわてて、他の人の文章を読んで立て直したが、だめみたい。

☆

少女マンガの話が出てきたついでだから話すけど、昔、私の所に送られてきた新井さんの年賀状を見て、こけた。私はプロのマンガ家がマンガを描いている所を見たことも、もっと自慢すれば、竹宮恵子さんの「地球《テラ》へ…」の最終回のペン入れを手伝ったことだってあるのだぞ。年賀状はすごかった、マンガ入りの、しかもカラー。

「新井さん、マンガ家志望だったって、本当、ならなくてよかったね」

「ちがいますよー。マンガ家アシスタント志望だったんです」

中島梓さんも、高校の頃「COM」に投稿していたくちなのだ。私は中島さんの描いたマンガのカットの載った新聞を持っていて、皆に見せるぞ、とキョウハクのネタにしていた。このごろの中島さんは木原敏江さんの手ほどきを受けて、見られる絵になってきたので、通用しなくなったけど。

しかし、恐ろしい話だ。二人とも、偶然絵を描くのがヘタだったからよかったけど、もしうまければ、少女マンガ家としてデビューなんてことがありえたのだ。ただでさえ、小説の世界は落ちこんでいるというのに、この二人が抜けて、マンガ家になっていたら、と思うとよかったような気がします。

もっとも、中島さんがいっていたが、

「〆切りに追われて、何週間も家に籠って仕事をして、やっと終った、さあ、一週間ぐらい遊ぶぞ、なんて思って、部屋のあとかたづけをしていて、ふっと気がつくと机に向って頼まれてもいない小説を書いているのだ」

この話を新井さんにしたら、

「あっ、私と同じ」

なんていっていたから、二人ともマンガを描く間に小説も書いていたかもしれない。

☆

ヨタ話はこれぐらいにして、新井さんの話。

新井さんという人はあきれるほど、律儀《りちぎ》な人で、原稿などは〆切りの三日前あたりにはできている。他の人達は絶対といっていいほど〆切り通りにはあがらない人ばかりだし、まあ、〆切りの催促の電話のやりとりもゲームとして楽しんでいる風情もある。

ところが新井さん。〆切りの三日前に確認の電話をいれると、

「はい、できてます」

という明るい声がかえってくる。

これは意外とあせる。

できている原稿を取りに行かないのは、作家にわるいし、しかし、〆切りの三日前にできているとは思わないから、他の仕事の約束が入っている。それで、夜になってしまう。

行った所が、新井さんの小学校時代の同級生の家なのだ。しかも、それが同窓会の会場になっていた。まあ、原稿をもらうだけだからどうってことないか。ところがですね。そこにおじゃまருると、二階でやっていますとのこと。のこのことあがっていくと、十数人の男の子と女の子が陽気に騒いでいる真最中。

「どーも」

なんていったりして。

たしか、その家の人だった。

「まあまあ、おじさん、一杯どうぞ」

水割りを出してくれる。結局、私は九時から十二時半までつきあってしまった。新井さん以外は初めて会った人なのに。

最後はその家のご両親にまで挨拶して、

「どうも、新井さんがお世話になって」

「やあー、こちらこそ」

不思議な日でありました。

あそこに居た、十数人の男の子、女の子全員が新井素子と同じような人達なのだ。だから私のような人間が、突然入りこんできても、まったく意に介せず、陽気にパーティは続けられ、私もいっしょになって騒いでしまった。

新井さんの話によると、これ以外にも中学の図書委員だった五人の女の子と、月に一回ティパーティを開いているとか。ここも新井素子が五人いるという感じらしい。

高校でも、大学でもやはり同じみたいだ。新井さんの周りには新井素子タイプの友達が集まる。

新井さんに聞いた話だけれど、新井さんのサイン会かなにかで何回も会って、顔見知りになった女の子と、大阪のSF大会で偶然会ったりすると、どちらからでもなく「おひさしぶり」なんて抱きあったりするんだって。

大学紛争がおこる前の都立の高校生や、小学校から大学まで続いている私立の大学生にそんな感じの人がいた。けっしてガリガリ勉強しないで、友達はたくさん作って、自分の趣味をおおらかに楽しんでいる。今はもうそういうタイプはいなくなったと思っていたら、新井さんの周りにはゴロゴロいるのだ。

新井素子の小説を読んでいると、新井素子と同じような感じの人がいっぱい出てくると思うでしょ。あれはみんなモデルに近い人がいるのですよね。

「宇宙魚顚末記」で、一ヵ月後に地球が魚にくわれちゃうというのに、いっしょにコーヒーを飲みに喫茶店にいく友達。

生まれもつかぬ吸血鬼になって、少し恨めし気だったのに、一日たたないうち、吸血鬼の生活が気にいってしまう友達。

『いつか猫になる日まで』の森本あさみみたいに精神感応能力者《テレパス》でも誰もびっくりしない。

昔のSFや少年マンガのように、新人類イコール差別、または超能力者は世界や宇宙を征服する、といった図式にはけっしてならない。

けっして力むことがない。エスパーとか吸血鬼になったとしても、恐いものとか、理解や同情でもない、自分とちょっと違った、変わったところがある程度にしか感じていない。

新井素子がこのことをテーマにして小説を書いている訳ではない。新井さんの友達を見ていれば、ああいう反応するとは思えないもの。

最後に。

私は外国のSFに詳しくないのでSF小説翻訳家鏡明に新井素子のような小説、外国にあるのかどうか、聞いてみた。

「うーん、ないだろうな」

と、いうことです。

著者略歴

昭和三十五年　八月八日、東京に生まれる。

昭和五十二年（高校二年）、第一回奇想天外SF新人賞に応募、佳作入選（「あたしの中の……」）。たどたどしいながらも、小説を発表しだす。

昭和五十三年、最初の単行本を上梓。

昭和五十四年、どういう訳か、立教大学文学部に入学することに成功。

昭和五十六年、「グリーン・レクイエム」で、星雲賞日本短編部門受賞。どうもありがとうございました。

昭和五十七年、「ネプチューン」で星雲賞日本短編部門受賞。本当にどうもありがとうございました。

昭和五十八年、教授のお情けで立教大学卒業。誠にどうもありがとうございました。

昭和六十年、結婚しました。そして、今に到ります。


（著者自筆）

この作品は一九八三年十月に講談社文庫より刊行された『グリーン・レクイエム』を改訂し文字を大きくしたものです。

|著者| 新井素子　1960年東京都生まれ。立教大学文学部卒業。'77年、都立高校2年在学中に「あたしの中の……」が第1回奇想天外SF新人賞佳作を受賞し、作家デビュー。'81年に「グリーン・レクイエム」、続く'82年に「ネプチューン」で星雲賞日本短編部門を受賞。'99年『チグリスとユーフラテス』で日本SF大賞を受賞。著書に『あなたにここにいて欲しい』『もいちどあなたにあいたいな』『イン・ザ・ヘブン』『未来へ……』『ゆっくり十まで』『この橋をわたって』『絶対猫から動かない』『素子の碁　サルスベリがとまらない』、「星へ行く船」シリーズ、「新井素子 SF&ファンタジーコレクション」シリーズなど。

グリーン・レクイエム　新装版《しんそうばん》

新井素子《あらいもとこ》

講談社文庫

定価はカバーに
表示してあります

2021年4月15日第1刷発行

発行者――鈴木章一
発行所――株式会社　講談社
東京都文京区音羽2-12-21　〒112-8001
電話　出版（03）5395-3510
　　　販売（03）5395-5817
　　　業務（03）5395-3615

デザイン―菊地信義
本文データ制作―講談社デジタル製作
印刷―――豊国印刷株式会社
製本―――株式会社国宝社

Printed in Japan

ISBN978-4-06-522539-4

講談社文庫刊行の辞

二十一世紀の到来を目睫に望みながら、われわれはいま、人類史上かつて例を見ない巨大な転換期をむかえようとしている。

世界も、日本も、激動の予兆に対する期待とおののきを内に蔵して、未知の時代に歩み入ろうとしている。このときにあたり、創業の人野間清治の「ナショナル・エデュケイター」への志を現代に甦らせようと意図して、われわれはここに古今の文芸作品はいうまでもなく、ひろく人文・社会・自然の諸科学から東西の名著を網羅する、新しい綜合文庫の発刊を決意した。

激動の転換期はまた断絶の時代である。われわれは戦後二十五年間の出版文化のありかたへの深い反省をこめて、この断絶の時代にあえて人間的な持続を求めようとする。いたずらに浮薄な商業主義のあだ花を追い求めることなく、長期にわたって良書に生命をあたえようとつとめるところにしか、今後の出版文化の真の繁栄はあり得ないと信じるからである。

同時にわれわれはこの綜合文庫の刊行を通じて、人文・社会・自然の諸科学が、結局人間の学にほかならないことを立証しようと願っている。かつて知識とは、「汝自身を知る」ことにつきていた。現代社会の瑣末な情報の氾濫のなかから、力強い知識の源泉を掘り起し、技術文明のただなかに、生きた人間の姿を復活させること。それこそわれわれの切なる希求である。

われわれは権威に盲従せず、俗流に媚びることなく、渾然一体となって日本の「草の根」をかたちづくる若く新しい世代の人々に、心をこめてこの新しい綜合文庫をおくり届けたい。それは知識の泉であるとともに感受性のふるさとであり、もっとも有機的に組織され、社会に開かれた万人のための大学をめざしている。大方の支援と協力を衷心より切望してやまない。

一九七一年七月

野間省一